RÉCITS DE MÉDILHAULT

De la même auteure :

Les ailes ou La maison cassée, théâtre, ADEL inc.
La Visite des sauvages, ou l'Île en forme de tête de vache, théâtre, ADEL inc. (1re éd. 1986).
O'Neill, théâtre, ADEL inc. (1re éd. 1990).
Conte d'hiver 70, théâtre, ADEL inc. (1re éd. 1992).
La mémoire de Rhéa, théâtre, ADEL inc.
Détail de la mort, roman, La courte échelle, 1996.
Une fille pas comme les autres, roman, La courte échelle, 1997.
Une première pour Étamine Léger, roman, La courte échelle, 1998.
Un message d'Étamine Léger, roman, La courte échelle, 1999.

ANNE LEGAULT

Récits de Médilhault

L'instant même

Maquette de la couverture : Anne-Marie Jacques
Illustration de la couverture : Michel Boulanger, *Érection de l'indispensable sur les ruines de l'essentiel* (détail), 1992, acrylique sur toile (153 × 191 cm)

Photocomposition : CompoMagny enr.

Distribution pour le Québec : Diffusion Dimedia
539, boulevard Lebeau
Montréal (Québec) H4N 1S2

Distribution pour la France: Distribution du Nouveau Monde

L'instant même
865, avenue Moncton
Québec (Québec) G1S 2Y4
info@instantmeme.com
www.instantmeme.com

Dépôt légal – Bibliothèque et Archives nationales du Québec, 2007

Catalogage avant publication de Bibliothèque et Archives Canada

Legault, Anne

Récits de Médilhault

Éd. originale: 1994.

ISBN 978-2-89502-239-8

I. Titre.

PS8573.E457R42 2007 C843'.54 C2007-940036-1
PS9573.E457R42 2007

L'instant même remercie le Conseil des Arts du Canada, le gouvernement du Canada (Programme d'aide au développement de l'industrie de l'édition), le gouvernement du Québec (Programme de crédit d'impôt pour l'édition de livres – Gestion SODEC) et la Société de développement des entreprises culturelles du Québec.

Big

Il pleut. Il ne pleut pas. Ce liquide qui me gicle à la tête, c'est du sang. Surtout, garder les yeux fermés. Est-ce mon sang ? Je n'entends rien. Ni bruit, ni rumeur, ni voix, puis une femme — je crois — se met à crier, au loin à ce qu'il me semble et ce cri remet au net tout ce que j'entends jusqu'au fin fond de ma tête pleine de sang, ce sang qui se déverse hors de moi. Ça m'est égal, je n'ouvre pas les yeux.

Puis, ma chaise se soulève — enfin, elle doit être soulevée — et on nous dépose sur une sorte de brancard, elle et moi ensemble, je suis toujours attachée. Nous cheminons comme ça, je m'applique à faire l'assommée, mais les brancardiers s'en foutent. Je les soupçonne de regarder ailleurs, mais comme je ne les ai moi-même jamais regardés... Je ne sais pas.

On arrête, on m'empoigne par le dossier et les pattes, je suis vivement remise à la verticale, trop vivement : j'ai un haut-le-cœur, mais je n'ai rien dans le ventre. Par ailleurs, je suis déjà seule. Ça circule autour de moi, ils m'ont plantée dans un endroit passant, quelqu'un tout près dit : « Oh, shit. »

Quand j'étais enfant, il y avait un ami de la famille, un presque centenaire qui radotait sans cesse sur un massacre.

Un jour, un fou armé était entré dans son école pour abattre des femmes, seulement des femmes; la fin du carnage avait eu lieu dans sa classe à lui, où ils étaient tous à plat ventre, tremblants sous les pas du tueur, qui avait juste dit « Oh, shit » avant de se donner la mort. Plus de soixante-dix ans après, je voyais ce vieillard très droit, très blanc, qui chevrotait « Oh, shit », avec des yeux remplis de peur intacte. Puis devenue adulte à mon tour, je le revois encore, parce que je préfère une fable à ce qui m'entoure, parce que je n'ouvrirai pas les yeux. Il fabulait, ce vieux. Personne ne le croyait. Mais moi, si je dis un jour ce que j'ai vu ici, qui me croira?

Il pleut. Il ne pleut pas. On nous asperge à grande eau, ma chaise et moi. Mes plaies encroûtées cessent de se coaguler et je saigne à nouveau. Quelqu'un éponge. Quelqu'un défait mes liens, me porte sur un lit. Quelqu'un rit : je n'arrive pas à déplier les jambes. Combien de temps suis-je restée sur cette chaise ? Combien de temps encore ? Combien ? Il ne faut pas penser au temps ici, ça fait pleurer. Un insecte dément bourdonne au fond de ma gorge, voilà tout ce qui me reste des larmes. Quelqu'un met sa main sur mon épaule, j'ouvre les yeux. Une main me tend un ballon de cognac, je le prends. Merci, ça fait du bien. Je siffle une grande lampée pour noyer l'insecte qui hurle par ma bouche; j'avais surestimé mes forces, je suis ailleurs avant que mes yeux se soient refermés. Adieu jusqu'à la prochaine fois.

* * *

Je suis née dans un temps de paix, dans la cinquième décennie du XXIe siècle, à Médilhault, une cité française du nord du Nouveau Monde. Le cataclysme était fini, les puissants s'étaient rétablis en cartels et exerçaient le gouvernement des cités-États. L'armement préventif était géré par le peuple, les maladies dites de l'hémisphère sud avaient été jugulées.

Mes parents avaient eu droit à un enfant. Rhéa, ma mère, me nomma Abigaëlle, qui vient de l'hébraïque et signifie : la joie du père. Ce prénom tout en volutes débordait de partout sur moi. Au hasard de mes premiers sons, je me nommai moi-même « Big ». Mon père ne m'appela jamais autrement.

Il était restaurateur. Ils étaient encore quelques-uns à pratiquer cet ancien métier, mais Corentin était l'héritier d'une tradition et d'une famille : il y avait eu des Sarrazin restaurateurs depuis l'autre siècle. On le disait ainsi, comme s'il n'y avait eu qu'un siècle avant le nôtre.

Évidemment, la restauration était un luxe anachronique, réservé aux riches et aux puissants. Pourtant mon père aimait son métier et non son pouvoir. L'entreprise allait rondement : vingt serveurs se répartissant les quarts de travail, un boulanger-pâtissier, un aide-sommelier, un charcutier, des marmitons et mon père, Corentin Sarrazin, cuisinier et restaurateur.

Certes, notre réalité était différente. Nos aïeux avaient eu l'électricité, dont nous devions bien sûr nous passer ; le peu qui en restait était dévolu au gouvernement de la cité. Mon père bénéficiait, par faveur spéciale, de quatre blocs de glace livrés chaque jour par fourgon et de l'usage d'une conduite de gaz qui chauffait et éclairait plutôt bien, encore que les appliques, d'un goût heureux pour la salle, ne fussent guère prisées dans les cuisines, situées dans une pièce où des fenêtres en hauteur donnaient un jour ingrat qui usait les yeux.

— Nous sommes les mineurs de la grande mangeaille, disait Absalon.

Je ne lui ai jamais connu d'autre nom. Il avait été l'apprenti de ma grand-mère, « Une femme qui savait allier les saveurs comme personne, crois-moi... » De fait, c'est à ses recettes que les Sarrazin devaient une bonne partie de leur renommée. « Il n'y a pas que ça, bien sûr... continuait Absalon, il y a le palais, le tour de main, l'amour de la belle ouvrage, mais bon... » Il laissait souvent ses phrases en suspens, comme incapable de clore une idée. Toujours vêtu de blanc, un calot sur la tête, il ne se tachait jamais. Il avait de tout petits yeux, couleur d'eau sale, un profil tordu et une voussure aux épaules. Je crois qu'il détestait sa laideur, en silence. Pendant que mon père s'activait aux fourneaux, ou recevait dans la salle, Absalon avait la main haute sur tout le personnel et veillait à l'approvisionnement.

Nous avions des légumes et des fruits de serre, de la farine pour le pain que nous fabriquions nous-mêmes, des laitages convenables, des œufs en poudre, du sirop d'orge en guise de sucre, des vins en fûts, du saindoux ; de la viande en suffisance, mais peu à la fois, pour des raisons de conservation. Comme la salaison ne pouvait pas convenir pour tout, les plus grosses pièces devaient régulièrement être rincées au vinaigre de vin et puissamment aromatisées. Là était le nerf de l'affaire : les épices. Absalon courait les marchés, le port, les entrepôts, de nuit, grapillant partout, soudoyant, échangeant et parfois, volant. Il pouvait revenir avec de belles prises ; je n'oublierai jamais la figure de mon père devant un tonnelet de noix de muscade. Plus fréquemment, il ramenait des gousses de vanille, des fioles de grains de cumin, de poivre... Une fois, il y eut un œuf dans sa coquille que Corentin perça sur-le-champ et me tendit :

— Aspire-le, comme tu ferais pour du jus. Qu'est-ce que ça goûte ?

— Ça goûte les yeux de mouton.

— Avec la peine que je me suis donnée pour le trouver ! Cette enfant ne saura jamais goûter. Encore heureux qu'elle n'ait pas croqué dans la coquille comme les parvenus qui nous font vivre !

J'ai gardé la coquille en souvenir.

Tout cela était leur secret, à mon père et à lui. Et à moi aussi, puisque j'en étais. Absalon se pointait chez nous à l'aube, par la petite porte. Il vidait son stock rapidement et repartait. Dans la journée, tout était déposé à la cave du restaurant, dans une resserre à laquelle seuls mon père et lui avaient accès.

— Ce n'est pas pour les enfants.

J'ai donc attendu que mon enfance se passe. À treize ans, je m'y suis faufilée après la fermeture d'un soir de fête. Le gaz venait d'être coupé, comme chaque nuit. Je vis mon père, s'éclairant d'un quinquet, assis sur une caisse, penché sur un amas qui me sembla une sorte de pâte feuilletée dont il triturait les couches ; Absalon pour sa part s'employait à gratter une galette pareille avec un petit bâton noir qu'il pinçait entre ses doigts. Les murs étaient tapissés d'étranges briques verticales et irrégulières, plutôt sales. Mon père me vit le premier. Il ébaucha un signe, puis le retint, comme par erreur sur la personne, avant de reprendre le regard qui était toujours le sien.

— Nous lisons des livres, Big.

Les yeux d'Absalon devinrent presque grands, il blêmit.

— Il faut qu'elle jure de se taire !

— Elle ne jurera rien, elle ne dira rien non plus. Elle est ma fille unique, tôt ou tard, elle aurait su. Voici où repose notre science, Big, me dit-il en caressant les briques sales. Toute la cuisine du monde, ou ce qu'il en reste.

Cette nuit-là, il m'expliqua que la science des cuisiniers était si répandue et si secrète à la fois qu'elle avait échappé pour une bonne part à la mise sur écran, depuis des années, et que lui-même en conservait une partie infime en cet endroit, sous forme de livres. Bien sûr, il ne pouvait plus revenir là-dessus et passer aux aveux, la possession d'un livre signifiait la prison à coup sûr et nul n'en revenait. Mais il lui fallait ses recettes.

— Je commets un crime, mais j'estime ne faire de mal à personne. Un jour, quand les temps le permettront, je ferai discrètement écraniser tout cela. Ce n'est pas le moment.

Il fut décidé que je quitterais l'école pour devenir apprentie. On encourageait la transmission familiale des anciens métiers : orfèvrerie, joaillerie, soufflage du verre, restauration... il fallait qu'ils subsistent, tout en restant peu accessibles.

— Le travail manuel unit le geste, la pensée et le cœur, expliquait Absalon, ce qui le rend imprévisible dans ses résultats et donc pas tout à fait contrôlable.

Le restaurant me plaisait. J'eus moi aussi l'uniforme des serveurs : une chemise à plastron plissé, un tablier blanc, un pantalon et une veste de tissu ersatz, mais d'un beau noir. J'appris à dresser les tables, à embouteiller le vin, à prendre les commandes, à caler trois assiettes chaudes sur un seul bras, à flamber, à lancer ma commande d'une voix ferme, sans gueuler, dans un battement de porte. J'eus aussi à laver les planchers, blanchir le linge de table, nettoyer les fours : mon père tenait à l'équité parmi ses employés. Le jour, avant l'ouverture, je travaillais seule avec Corentin et Absalon. La normalité même, personne n'y trouvait à redire. Enfermée dans la cuisine déserte, j'apprenais un métier et je découvrais que c'était le mien.

Puis, dans cette pêche, j'ai trouvé un ver.

Ce fut le soir où nous reçûmes le Protecteur. Cet honneur signalait un changement des temps : il avait ses quartiers dans la Muraille et n'en était pas sorti depuis des années. Mon père allait parfois superviser un banquet là-bas, mais le Protecteur ne sortait plus en ville. Mon père nous réunit tous.

— Ils seront quatre-vingts et occuperont la soirée en entier, outrepassant le couvre-feu de deux heures. Vous ne rentrerez donc chez vous qu'à l'aube. Avertissez les vôtres s'il y a lieu. Pour la peine, j'ai prévu un médianoche pour le personnel.

C'était exceptionnel, d'ordinaire nous n'avions pas le droit de toucher à ce que nous servions. Seul Absalon resta indifférent et philosophe :

— Cela tiendra à la fois de la galère et de la chasse-galerie : nous travaillerons comme des forçats et le premier faux pas nous précipitera en enfer.

— Qu'est-ce qu'une galère ? demanda une voix

— Qu'est-ce qu'une chasse-galerie ? demanda une autre voix.

— Qu'est-ce qu'un enfer ? demandai-je.

Absalon n'hésita pas une seconde :

— Des restaurants d'autrefois. À ce qu'on m'a dit...

Il se tut et nous tourna le dos. Mon père parlait toujours : les viandes ne seraient livrées que le jour même, évidemment, et devraient toutes être préparées en même temps. Nous n'avions pas assez de fourneaux. Diverses solutions furent avancées, puis rejetées. Absalon finit par élever la voix :

— Ici, du temps de ma jeunesse, il y avait un tourne-broche... Personne n'est au courant, bien entendu !

Il nous montra une longue cavité horizontale, pratiquée dans le mur du fond de la cuisine, et nous révéla qu'une hotte creusée dans le mur la surmontait jusqu'à l'air libre. Dans cette cavité, on pouvait placer une tige de métal sur laquelle on empalait les pièces de viande qui, tournées doucement, cuisaient au feu des braises. Il y eut des remous chez le personnel.

— Autant dire du feu vif! Il paraît que ça rend malade pire que le soleil.

— Pas avec des braises, les braises sont sûres, répondit mon père. Mais les tournebroches fonctionnaient à l'électricité.

Nous étions découragés.

— Pas toujours, fit Absalon. La tige était reliée à une cage ronde, dans laquelle on faisait courir un petit animal.

— Oui, dit mon père, un chien.

Plus personne ne parlait. Après le feu vif, cette saleté, un chien! Les chiens étaient l'apanage des puissants, ils servaient à la recherche médicale. Quant aux chiens errants aux abords de la cité, on les massacrait sans merci, car ils étaient porteurs de maladies archaïques : tuberculose, blennorragie, kala-azar.

— Il n'y a pas que les chiens qui puissent tourner la broche. Donnez-moi deux jours, dit Absalon. Si je trouve une solution, je demande à m'occuper de la braise et à ne faire que cela.

Personne ne lui aurait disputé ce privilège.

Le lendemain, Absalon exhumait le tournebroche et sa cage toute ronde, en pas trop mauvais état. Le surlendemain, il frappa chez nous à l'aube.

— J'ai trouvé. Une brave petite bête bien propre.

Il déposa une caisse par terre. J'avais vu des bêtes vivantes quelquefois, de loin, les chevaux des gardes de la cité ; celle-là serait vraiment ma première bête de chair. Je vis sous la grille qui couvrait la caisse deux points brillants qui luisaient...

— ... comme deux braises, dit Absalon avec un étrange sourire, plein de douceur et de triomphe à la fois.

— Recule, Big, dit Corentin.

Lui-même n'approchait pas. Absalon leva le couvercle et la bête sortit un museau qu'elle pointa sur nous avec un regard qui parlait presque.

— Il ne mord pas, expliqua Absalon en le flattant. Il a été apprivoisé par un couple de nomades des forêts boréales. Il se nourrira de bas morceaux et je le ramènerai à ses maîtres sitôt le repas du Protecteur achevé. Il m'a coûté une fiole de grains de poivre rose et une dame-jeanne de tafia des îles.

— Tord-Dieu !

— Crois-moi, Corentin, il les vaut bien. L'odeur de la viande grillée le fait courir à mille pas. Tu vois l'avantage pour nous. Et puis, ils ont consenti à lui couper la queue pour qu'il entre dans la cage.

Il nous montra ce que je crus être le petit de la bête, tant c'était gros. Il déposa la queue sur la table, remit le couvercle sur sa caisse et nous recommanda de ne pas y toucher. Mon père regarda longuement la bête et celle-ci le dévisagea en fronçant le museau à travers les barreaux de sa grille.

— Si tu ressembles à l'enfant que j'ai été, tu seras attirée par cet animal, Big. Fais-t'en connaître doucement, ne le brusque pas. Leur nez est fin comme le radar de la Muraille, toute substance inconnue peut les pousser à attaquer. Il te mordrait, car il a des dents, comme nous.

— C'est vrai ?

— Crois-moi sur parole.

— Qu'est-ce que c'est ?

— Comment, tu ne sais pas? Bien sûr, tu ne peux pas savoir. C'est un renard.

— Renard. C'est joli.

Corentin prit la queue du renard et m'en chatouilla le visage.

— Croirais-tu, ma petite Big, que nos lointains ancêtres, ceux de l'autre siècle, ornaient l'antenne de leur char à essence avec des queues toutes pareilles à celle-là?

— C'était des barbares.

— Oh, oui. De grands barbares. Sales, malades, sauvages, ignorants, imprévoyants. Mais ils avaient des restaurants à tous les coins de rue, ma fille.

Sur cette splendeur inouïe, il eut un de ses rares sourires et nous sommes sortis sur notre terrasse. Au-dessus de la Muraille, la barre du jour était claire, mais on entendait le fleuve battre la rive à grandes vagues. Cela voulait dire tremblement de terre, mais petit, comme d'habitude.

* * *

On me prend, on m'emmène dans une pièce que je ne reconnais pas, enchaînée, mais debout. Je suis seule et je ne sais pas ce que j'attends. Une femme entre, encadrée par des gardes qui vont s'occuper dans la pièce à côté. Je comprends alors : je suis passée à l'état d'émule dissuasive, c'est le jargon du bâtiment, ici. Cette femme vient d'arriver; il faut qu'elle voit ce qui l'attend, elle ne pourra pas le croire autrement. À son premier coup d'œil, je peux mesurer ma ruine et jurer qu'elle a tout saisi. En souvenir de mon émule à moi, une très vieille dame, je dis comme elle m'avait dit, sur le souffle :

— Surtout n'avouez rien, ne commencez pas à parler, c'est votre seule chance.

La femme me regarde sans répondre. Le réflexe du silence, c'est le bon. Je me tais. Ce visage-là ne m'est pas totalement inconnu. Au restaurant sans doute. La femme a une robe de ce qui me semble être du vrai velours. Une riche. Ou la putain d'un puissant. Elle fixe mes pieds. Ou je suis effrayante à dévisager, ou il est effrayant d'être dévisagée par moi. Un émule doit être du même sexe que le nouveau, toujours. La dégradation de son propre sexe fait, paraît-il, plus mal.

— Est-ce vrai qu'ils ont des chiens?

Je cligne des paupières une fois, en assentiment. Elle ne vomit pas, elle ne pleure pas, elle ne baisse plus les yeux. Elle vaut la peine qu'on lui parle.

— Les chiens sont des êtres vivants, si vous ne leur faites pas sentir votre peur, ils vous feront moins mal. Ne bravez pas, ne provoquez pas, ne vous écroulez pas non plus. Ne faites rien.

On se tait. Puis un garde entre, tout seul. D'habitude, ils vont par deux. Il s'approche de la femme, sort un petit piolet d'acier et le lui enfonce dans la tempe, si vite qu'il a le temps de l'enfoncer à nouveau par le sommet du crâne avant qu'elle s'affaisse. L'émule, c'était elle.

Je suis mon conseil, je ne fais rien.

* * *

— Je n'ai jamais vu tant de viande fraîche à la fois!

— Ni humé tant d'arômes!

La nuit du Protecteur, nos viandes fondaient dans la bouche. Mon père, ayant au préalable cuit les petits moutons et la volaille, avait embroché un bœuf entier qu'il avait bourré de carottes, d'oignons, d'un hachis de viscères et de jambon, de mie de pain, d'herbes et d'épices. Il l'avait badigeonné d'un mélange de saindoux, de moutarde pilée et de thym. Le fumet montait à la tête de tout le monde, à commencer par le renard, qui courait après son ombre dans la cage ronde du tournebroche. J'avais été placée aux cuisines, trop jeune pour avoir l'honneur d'être dans la salle. Corentin servait le Protecteur lui-même. De temps en temps, il nous parvenait de la salle une rumeur jacassante, amplifiée par la réaction des serveurs : « Le Protecteur redemande d'un plat pour la troisième fois ! » « Le Protecteur a mangé les cailles avec ses mains ! »

Absalon tournait le dos à tout cela. Penché sur la braise qu'il avait préparée lui-même à l'aube, il semblait ailleurs.

Entre deux services, il y eut un moment d'accalmie. J'ouvris une petite meurtrière pour avoir une vue sur la salle. Corentin avait fait mettre des luminaires sur toutes les tables et je le vis ce soir-là comme je ne l'avais jamais vu : de loin, son nez long et fin dans son visage aux larges méplats, couvert d'une sueur fine, et ses yeux verts très perçants lui donnaient une figure... de renard. À ce moment précis, le Protecteur s'exclama :

— Corentin Sarrazin, vous avez un nom qui sent la Bretagne !

Toute l'assistance s'esclaffa, mon père s'inclina. C'est alors que j'entendis, tout près de moi, juste sous la meurtrière, la voix familière d'un serveur :

— Il a l'échine bien souple, notre maître Sarrazin.

— Il n'a pas beaucoup le choix, chuchota une autre voix, il a des choses à faire oublier. Sa femme a rejoint les proscrits, il y a des années de cela.

— Ah bon, tu me l'apprends. Voilà pourquoi nous avons eu à supporter la petite Big si tôt.

— Je ne vois pas le rapport.

— Mais oui, voyons. Elle n'avait pas le choix de devenir apprentie si vite. Les enfants des proscrits sont interdits d'instruction supérieure. Ça réduit l'engeance.

Je me retournai sur la cuisine déserte. Seul Absalon était resté.

— Tu sais pourquoi on les a appelées meurtrières, ces fenêtres en fente ? Elles permettaient de tirer sans se montrer. N'aurais-tu pas inversé le processus ? Tu me sembles salement atteinte.

Il avait sorti le renard de sa cage et le faisait boire. L'animal me sembla plus petit que l'idée que j'en avais.

— Alors, comment c'est ?

— Oh, très bien.

— Il faut y aller toi aussi, Big, renifler la splendeur des grands.

— Est-ce que le renard a roussi ?

— Oh non, son pelage est naturellement de la couleur des braises, c'est la rousse couleur de la vie.

— Dis-moi, qu'est-ce que la Bretagne ?

— C'était une contrée de l'Ancien Monde.

Je fis tout mon travail, sans un mot, pendant que cette nuit-là, tout un pan de ma vie reprenait sa vraie place dans ma mémoire. Par une autre nuit, à l'âge de quatre ans, Corentin m'avait réveillée pour me dire :

— Ta mère vient de partir pour toujours Abigaëlle. Elle n'avait pas le choix, il fallait qu'elle sauve sa vie. Mais elle nous aimera toujours.

Il me garda près de lui, sur la terrasse, à l'air libre. La saison des pluies était déjà commencée. Deux rideaux d'orage, balayés par des vents opposés, s'entrechoquèrent dans un éclair sur un fond de lune pâle. Nous aimions les orages,

Corentin et moi. Maintenant, pour moi, son visage se mêle au ciel foudroyé de cette aube.

Le lendemain, seule avec Absalon, je lui relatai tout ce que j'avais surpris la veille. Pour une fois, je le vis s'offrir une vraie fureur, avec des phrases complètes.

— S'ils avaient la chance, eux, d'approcher le Protecteur ne fût-ce qu'à dix pas, est-ce qu'ils ne ploieraient pas l'échine, la tête et le cul tout à la fois? Méfie-toi, Big, de ceux qui affectent de mépriser la déférence envers le pouvoir, ce sont des inconscients ou des pousse-au-crime. De nos jours, un homme qui a l'échine souple garde son dos plus longtemps.

— Et ma mère? Elle l'a toujours, son dos?

Les yeux d'Absalon devinrent tout petits.

— Oui.

Il n'en dit pas davantage et réclama à Corentin le renvoi des deux serveurs. Mon père refusa tout net.

— Si la calomnie était interdite au restaurant, je serais obligé de refuser les trois quarts de la clientèle.

Comme je ne riais pas, il ajouta:

— Ce n'est pas si grave. Tout le monde sait pourquoi Rhéa est partie. Si je les renvoie maintenant, j'attire inutilement leur ressentiment, et l'attention sur un événement qui est chose du passé depuis longtemps.

En vérité, Corentin aimait ses serveurs. Il les avait tous choisis et formés avec l'idée de les garder pour leur vie entière. Au beau milieu de la nuit le banquet s'était transporté dans la cuisine, pour nous. Mon père, coupe en main, avait porté un toast:

— Nous faisons un beau métier et je vous salue, mes féaux employés...

Nous avons pris l'habitude de continuer mon apprentissage la nuit. La saison des pluies était arrivée et l'orage du matin était parfois si violent qu'on ne pouvait sortir. J'avais appris le maniement des livres sans difficulté et je les déchiffrais sans problème. Là où ça devenait difficile, c'était pour les recettes manuscrites. Manuscrites à la main, précisait Absalon.

— Il faudra lui apprendre l'usage de la plume, autrement je ne vois pas comment elle pourra comprendre.

Corentin pinça les lèvres.

— Il y a bien assez de recettes sans cela. J'écraniserai moi-même les manuscrits.

Une nuit, au hasard de mes lectures, je repérai un titre sur le rayon le plus haut.

— *L'Amélanchier.*

— L'amélanchier, c'était une sorte d'outarde qui servait à la confection de pâtés à la viande, les amélanchières, dit vivement mon père, avant de me prendre le livre et de le lancer au loin.

— Comme les tourtières, alors?

— Notre Big devient toute savante, dit Absalon.

Puis, je suis tombée sur un certain Aristote.

— Il s'appelait Aristote Psarianos. C'était un Grec de l'île de Psara, dans l'Ancien Monde, il ouvrit le premier bar de Montréal en 1881. Montréal, une des cités archaïques de l'autre siècle, ça ne te dit rien?

— Rien du tout.

Corentin se taisait, Absalon leva les paumes et les yeux au plafond, l'air de dire : « Qu'y puis-je ? » Ils n'y pouvaient rien, ni l'un ni l'autre et moi non plus. Je découvrais que les livres ne servent pas qu'à la cuisine.

— Viens Big, ma toute petite, viens. Cette nuit, la leçon portera sur les infusions.

Absalon déposa sur ma langue une herbe noire.

— C'est du thé. On en trouvait à l'origine sur les pentes de l'Himalaya, une des plus hautes montagnes d'un des plus vieux pays de l'Ancien Monde, la Chine.

— Oui, ça a un goût de vieux.

— Ne ris pas, Big. Maintenant que tu sais ce qu'est le thé, parlons de la Chine...

Ce qui m'étonne aujourd'hui, c'est d'avoir vraiment appris, entre autres choses, à cuisiner. Je commettais un crime, mais comme Corentin, je ne voyais pas où était le mal. À la même époque, je remarquai qu'Absalon ne se montrait jamais en public ; patron dans la cuisine, inconnu des clients.

— Je ne suis pas très décoratif, ma chère, voilà tout. Nous parlerons ce soir de la pomme de terre, dont l'usage s'est répandu grâce à Parmentier, qui était pharmacien des armées de Napoléon. Rappelle-moi qui était Napoléon.

J'ai fini par considérer Absalon comme un proscrit au cœur de la cité. Les proscrits, nul n'en entendait jamais parler. On disait : « Il a rejoint les proscrits », comme on aurait dit : « Il s'est englouti aux confins de la Terre ». Il n'y avait pas de loi à leur propos, pas d'interdit, et ils ne se manifestaient jamais. Pourtant, il suffisait de connaître un passeur et un mot de passe, et on passait. Mais où ? Et pourquoi ?

— Parle-moi de Rhéa, Absalon.

— Bien sûr. Rhéa était la femme d'un Dieu grec, Cronos. Il mangeait ses enfants, mais Rhéa sauva l'un d'entre eux en lui substituant une pierre.

Pour ne pas parler de Rhéa, la seule Rhéa qui nous intéressait, il me parla de tout le reste et il y mit des années. Il me révéla que l'Ancien Monde et le Nouveau n'avaient pas toujours été isolés, que les puissants devaient toujours posséder le moyen de franchir les océans qui les séparaient. Quand la machine de l'humanité s'était emballée, tout ne s'était pas perdu pour tout le monde.

L'éclatement était assez récent, mais il avait surpris, autant par sa force que par sa provenance. D'après Absalon, tout était venu dès les premiers écrans.

— Du rêve, des chimères, entrant impunément chez des gens qui n'étaient pas préparés à cela ! Depuis des siècles, les gens simples savaient se contenter de peu, jusqu'à ce qu'ils voient comment vivaient les riches ! Peux-tu imaginer, Big, qu'il y avait des ligues pour bannir la violence des écrans ? et le mauvais goût ? Mais la violence de cette richesse étalée chez des pauvres, le mauvais goût que cela représentait, personne ne s'est élevé contre ça. Les pauvres n'ont plus voulu faire les frais de la richesse des autres. Les riches n'ont rien voulu céder. Alors tout a explosé. Et quand il a fallu refaire le monde, on a bien veillé à ce que ces maudits écrans fassent peur au lieu de faire rêver. Mais nous ne le savons même plus, nous avons oublié qu'il en a été autrement.

Toute la mémoire du monde avait été écranisée, contrôlée. Il avait été décidé, au nom de la démocratisation du savoir, que les livres étaient des objets désuets et que leur contenu pouvait être transféré sur l'écran axial, ce qui les rendait accessibles aux écrans secondaires. Le mot « savoir » était d'ailleurs interdit dans l'usage courant, le mot « connaissance » à peine supporté ; il fallait parler de « compétence ». Chacun, selon sa caste, eut son accès à l'écran, aux clavigraphes. L'écriture de la main s'était perdue.

— Un crime contre l'humanité ! Chaque écran est relié à l'écran axial, rien ne peut s'écrire qui n'est connu des puissants ! Ils ont peur du feu, des animaux, de tout ce qui est vivant et incontrôlable, mais les chiens ne sont pas des monstres purulents, le feu ne donne pas la lèpre, les mains n'appartiennent qu'au pouvoir de la pensée !

Il lima un bréchet de poulet en pointe, m'apprit à le tremper dans du vin et à tracer des signes sur le papier. Ce fut comme ces rêves où l'on saute dans le vide, avant d'ouvrir les yeux sur la blancheur du drap. Le vertige du rescapé.

Pour certaines choses, je dus m'en tenir à sa parole ; je ne pouvais pas les concevoir. Absalon m'apprit que nous n'avions pas toujours eu la saison des pluies. Que l'eau qui nous tombait du ciel en hiver nous était venue pendant des siècles sous forme de glace pilée finement et qui ne pouvait fondre, à cause du froid. Que c'était pourtant la chose la plus légère du monde. Légère au point de tomber en silence. Comment l'eau du ciel peut-elle ne faire aucun bruit en touchant la terre ?

Avec les années, Corentin se mêlait de moins en moins de mon apprentissage. De temps à autre, il vérifiait mes progrès en cuisine et ne me posait pas de questions sur le reste. Après l'exécution d'un sabayon, un jour, il n'eut que ce commentaire :

— Je tremble pour toi à la pensée que ta science égale ce tour de main.

J'ai voulu pousser plus loin.

— Absalon hait les écrans, papa. Est-ce qu'il a raison ?

— Quoiqu'il puisse t'arriver, Abigaëlle Sarrazin, efforce-toi de ne rien haïr. Les écrans n'étaient pas mauvais, ils sont tombés dans de mauvaises mains.

— Et les mains n'appartiennent qu'au pouvoir de la pensée.

Il a mis sa main sur ma bouche.

Un matin, je me suis réveillée dans la resserre, derrière une pile de livres; j'entendais une voix inconnue. J'ai eu si peur que je n'ai pas bougé.

— Est-ce qu'elle est belle? demandait la voix.

— Je n'ai plus guère l'œil exercé pour ce genre de choses, répondit Corentin. Elle me semble belle. Et aimant l'étude comme tu l'as aimée.

— Et mon père, reprit la voix, il se porte bien?

Son père? Le père de qui?

— Autant qu'il peut. Il faut que tu le persuades d'aller ailleurs. Je ne veux plus qu'il instruise Big. Il met sa vie en danger.

— Et moi, Corentin? Est-ce que je ne mets pas vos vies en danger en revenant ici?

— Toi, tu es le seul danger dont je ne peux me passer.

— Il fallait venir avec moi.

— Tu me verrais, cuisinant dans un bivouac de proscrits?

— Pourquoi pas?

— Et puis, je suis fatigué. Je compte laisser de plus en plus de place à Big. Je ne crois plus en avoir pour très longtemps. Tu es bien sûre qu'on ne t'a pas suivie?

Si elle a répondu, ce fut sans un mot. Et la suite se produisit sans un mot, dans un silence compact. Les premiers peuples du Nouveau Monde croyaient que les taches sur la lune étaient les traces de son accouplement avec le renard. J'imaginai mon père aspiré par la lune et je ne voulus rien voir d'autre. C'est ainsi que le visage de ma mère m'échappa à tout jamais. Rhéa.

* * *

J'ai sauvé mes mains. J'ai gardé un œil. J'ai appris à me passer des dents que je n'ai plus. J'ai sauvé mes pieds de la gangrène, en m'amputant moi-même de deux orteils. J'ai marché, d'abord avec deux cannes, puis avec une et maintenant sans, sur les courtes distances.

Mes cheveux ont repoussé, mais je les fais raser de toute façon, parce que pour les esclaves de la Muraille, c'est la règle. Je travaille aux cuisines, logée-nourrie-blanchie, non payée bien sûr. Une remise de peine très surveillée qui a l'avantage de ne pas gaspiller les deniers du peuple.

Au fil des ans, j'ai ramassé trois trésors que je garde toujours sur moi : un couteau de poche, une boussole, une capsule de cyanure. Le jour où je trouverai le moyen de me faire tatouer un faux sauf-conduit, je serai prête. J'attendrai les fêtes de la réélection du Protecteur, qui abolissent le couvre-feu et remplissent les rues, et je me porterai volontaire pour le ravitaillement, comme toujours. Nous irons par deux, comme toujours. Puis, au centre du marché, je me glisserai dans une cour où je trouverai un escalier qui mène aux toits. En faisant vite, je passerai la Porte du Septentrion en un quart d'heure. Je marcherai jusqu'au pont, puis je prendrai une barque et à la nuit tombée je trouverai une cabane où je frapperai. On me demandera le mot de passe, je répondrai : il pleut.

S'il ne pleut pas, je croquerai le cyanure.

Épi

L'île de Montréal a une forme de losange, il était donc inévitable que le réseau des rues s'y déforme parfois. Inexplicablement, cela s'est produit aussi au cœur de la ville, dans la rue Villeneuve, la rue des Carrières, qui cisaillent en biseau un quadrillé variable. Il en résulte quelques ruelles en cul-de-sac qui aboutissent dans des pointes ceinturées d'immeubles. Son appartement à lui était au dernier étage d'un de ces immeubles, avec un solarium dont les fenêtres donnaient sur le faîte d'un érable. Son appartement à elle était deux étages plus bas, de l'autre côté de la pointe. Elle avait une véranda où elle lisait, et partageait la terrasse du rez-de-chaussée avec les autres locataires.

Il l'avait vue pour la première fois dans la rue, sans oser se retourner sur son passage. Puis, quelques jours après, il avait compris qu'elle était sa voisine de cour. Ça ne simplifiait rien, il ne fréquentait pas les voisins. Il n'en était pas à vouloir la fréquenter d'ailleurs, il la regarda de loin à travers le feuillage en été, les branches en hiver. Un jour, il avait entendu qu'on l'appelait : « Épi ! Épi ! », et il avait éprouvé une sorte de brûlure au sternum, comme si ce nom avait eu le pouvoir de s'enraciner en lui, mortel petit épi aux grains vénéneux.

C'était bien sûr un surnom, peut-être un diminutif, mais de quoi ? Épiphanie ? Il retenait cette hypothèse : elle lui semblait miraculeuse comme l'étoile des Mages, majestueuse, aérienne, dorée. Un bel épi blond, opulent, fin et gracile, avec des yeux profonds, couleur de terre retournée qui attend la semence.

Puis, il y eut un homme. Un garçon de son âge qui vint vivre avec elle. Cela lui faisait du bien de la voir amoureuse, il n'était pas jaloux et ça lui donnait plus à regarder.

Une nuit, elle lut jusqu'à une heure avancée, à la lumière d'une lampe à pétrole, étendue dans un vaste hamac, ses jambes entrelacées dans celles de l'homme. L'autre, du haut de son solarium, s'éveilla à l'aube à cause du cri des oiseaux, tout habillé, appuyé à l'allège de la fenêtre. Le hamac oscillait dans un courant d'air, vide.

L'été demeurait l'époque faste, celle où il moissonnait les images de son Épi. Pour engranger en prévision de l'hiver, il se procura une lentille 200 millimètres, l'ajusta à une caméra qu'il possédait déjà, et lui faucha mille fractions de secondes de sa vie, des sourires, des regards, des reflets sur ses cheveux, des moues, puis mille fractions de ces images : un œil et son arcade sourcilière, la naissance du cou, une main ouverte, une jambe allongée sur une balustrade. Ces poussières de millimètres carrés, agrandis démesurément, donnaient des formes granuleuses comme des comètes de planétarium.

Un jour, sur une planche contact, il s'aperçut que sur une série de clichés, il l'avait complètement de face pour la première fois. Elle semblait avoir levé la tête droit sur l'objectif. L'examen des agrandissements ne lui révéla rien de précis : elle avait le regard de qui lève la tête au ciel pour voir le temps qu'il fait. Le hasard. Néanmoins, il s'éloigna de la cour pour un temps, ferma son solarium.

Il se consola avec la bouche d'Épi. Sur les clichés, elle était neutre, parfaite, les lèvres fermées sur un silence sans tourment. Il l'agrandit, la fixa sur un fond plus pâle où le granulé de l'agrandissement ajoutait au mystère. Ce fut le seul cliché qu'il fit encadrer. Le seul auquel il donna un titre : l'Île en forme de losange.

Un jour, elle était assise dans l'herbe, le visage couvert de larmes. Il s'en gorgea pendant des jours, puis brûla le cliché et son négatif sur une impulsion qui devait autant à la honte qu'à l'élégance.

L'hiver arriva. Période de disette, compensée par l'absence de feuillage de son érable, qui lui permettait une vue plongeante sur ce qui semblait être la salle à manger d'Épi. Ce n'est pas le lieu le plus intime, mais il était sûr de la voir là tous les jours. Avec l'homme, il est vrai. Ils s'embrassaient tout le temps. Mais elle était plus matinale que lui, et le matin, seule à table parfois elle éclatait en sanglots. Une heure après, l'homme se levait et la trouvait souriante.

L'autre surnomma rapidement ces crises de larmes les grains d'Épi. Il ne savait qu'en penser; rien ne le rendait aussi heureux que de la voir vivre, fût-ce un malheur, mais si elle partait ? Pourquoi pleurait-elle, d'ailleurs, cette amoureuse ? La couleur des murs ? Le loyer à payer ? Un deuil dans sa famille ? Il chassait ce genre de questions de son esprit, craignant trop de se retrouver lui ouvrant par un hasard fallacieux la porte de l'épicerie du coin ou de la blanchisserie. À ce jeu-là, on engage la conversation, puis on voisine, puis on fréquente, puis on connaît. Cela, il ne le voulait pas. Mettre en pot le buisson ardent qui lui échauffait l'âme, jamais. Il jeta sans l'ouvrir la liste du recensement électoral qui lui parvint dans le courrier, de peur d'y trouver le nom de son Épi. Il ne se lia jamais aux voisins, d'aucune façon.

Mais il se levait comme elle, dès l'aube. Il y avait de bons moments. Au matin de la première neige, elle eut une longue station ravie à sa fenêtre, puis elle déjeuna aux chandelles, nimbée de lumière chaude et froide.

Il menait une vie assez solitaire, mais pas recluse. Il faisait sa première année de médecine, le genre d'études dont on admet que cela vous coupe de vos amis. Il en voyait quelques-uns, de loin en loin, pris comme lui. Il téléphonait à sa mère une fois la semaine, la voyait peu, comme chacun dans la famille, car la chère femme avait le don de se faire détester. De temps en temps, il voulait saisir la logique de sa fascination pour Épi, mais il renonçait. De la voir à son insu le remplissait d'une jubilation parfaite, sans tenants ni aboutissants.

Un jour, elle prit le même autobus que lui. Elle croisa une connaissance et engagea la conversation. Sa voix était comme sa personne, chaude et claire à la fois. C'était trop. Sidéré comme un mulot sous le regard de la vipère, il mit la journée à s'en remettre. Enfin, qu'est-ce que c'était que cette femme ? Une fille charmante, mais comme il y en a tant ; mieux que cela même, d'une beauté grave qui passerait bien le temps, sûrement. Mais enfin, une femme, pareille à des milliers d'autres, semblable à toutes celles qu'il avait déjà eues, qu'il continuait d'avoir. Il lui en voulut confusément, conscient de sa mauvaise foi, sachant bien qu'elle n'y était pour rien. Devenait-il fou ? Non, puisqu'il se voyait toujours agir. Mais il se voyait agir pour la voir agir, elle.

Aux vacances de Noël, il partit dans les Laurentides, au bord d'un lac, pour se sevrer d'elle. Sans téléphone, ni télévision, ni radio, ni électricité. « Et si je la connaissais ? » se dit-il. Cela romprait peut-être le charme, mais de quelle façon, pour quelle suite? Non. Il décida qu'il romprait son bail et déménagerait, dès son retour, en plein hiver. Ce devait être la bonne solution, car il s'en trouva soulagé et dormit des nuits pleines.

Il revint à Montréal et pour cause d'études décida d'attendre l'été pour déménager. Il s'engloutit dans le travail, rentrant chez lui tard le soir. Une nuit, dans le dernier autobus, il la vit dans la rue marchant d'un pas insouciant, seule. Derrière elle, il lui sembla voir une ombre, à cinquante pas. Il fut au carrefour avant elle, y resta, la vit accélérer le pas pour le croiser, entrer dans son immeuble. Il scruta la nuit : pas d'ombre. Il rentra chez lui.

Il avait eu froid. Il voulut se faire chauffer du lait, de la cuisine passa au solarium, vit qu'elle avait eu la même idée puisqu'elle buvait aussi.

Il trinqua mentalement avec elle, et le lait chaud à la cannelle serait toujours lié à cette image d'elle : ses cheveux luisants sous la lumière de l'ampoule. Ce fut si fort pour lui qu'au moment où elle tressaillit, rejeta la tasse au loin et se mit à crier, il crut qu'il était découvert, que son regard l'avait brûlée et qu'elle hurlait pour cela. Puis, il vit ce qu'elle voyait : un cagoulard armé d'une matraque de plomb.

Un premier coup l'avait prise au dépourvu, dans le dos. Elle s'était roulée en boule pour se relever et faire face, avait poussé la table de manière à se dégager le plus de terrain. Un deuxième coup lui fut asséné en pleine figure. Puis un troisième. Dès lors, elle décrivit des moulinets des deux bras de manière à protéger sa tête, sans jamais cesser de crier, sans avancer, sans bouger, sans attaquer. Solidement plantée comme un brave petit épi, sans plier ni rompre.

« Elle a du nerf », songea-t-il, admiratif. Au même moment, le cagoulard baissa les bras, parla, se fit hurler une réponse qui ne dut pas lui faire plaisir et se sauva. Oui, se sauva. Ce genre de coup doit se faire vite, sinon il est raté ; chaque seconde de retard peut réveiller un voisin qui appellera la police. Il se rendit compte alors qu'il n'y avait jamais songé. Combien de temps avait duré ce combat ? Il n'en avait aucune idée.

Épi, restée seule, prit une chaise, fracassa une vitre et hurla dans la nuit. Dans la cour intérieure, pas un carreau ne s'alluma. Sa voix s'écorcha complètement, jusqu'à n'être que la buée de la condensation, qu'elle continua de lancer vers le ciel de toute ses forces, appel de détresse.

Lui, était comme l'ornithologue qui voit flamber le phénix. Il n'eut pas un geste.

Quand il revint chez lui quinze jours après, elle était partie pour toujours. Il fit une pneumonie.

* * *

C'était septembre, le lendemain de la fête du Travail. Il y avait donc deux fois plus de gens à la clinique d'oto-rhino-laryngologie de l'hôpital. O-R-L, disait succinctement la plaque. Aux yeux de la jeune femme, c'était dommage. Les gens n'ont plus ni le temps ni la conviction d'articuler. Longue attente, puis on l'appela et elle fut conduite dans une petite salle où une infirmière lui annonça qu'on la « démècherait », jargon qui désignait l'opération par laquelle on enlèverait les mèches de coton hydrophile qui pendant cinq jours lui avaient coussiné les narines. Ce fut un moment délicat, les fosses nasales sont assez profondes et les mèches, fort longues. Puis on la laissa souffler en lui disant que « l'o-r-l » viendrait finir d'enlever le pansement externe.

Le premier choc, ce fut l'odeur : mis deux heures auparavant, son parfum lui emplissait la tête. D'abord, le lys flotta, puis la fougère et le cuir. Presque aussitôt, les sécrétions battirent le rappel et le parfum disparut. La porte s'ouvrit, elle garda les yeux fermés. Quelques secondes après, elle entendit :

— Je suis l'o-r-l de garde, j'assiste le docteur Azar.

Elle garda les yeux fermés.

— Que vous reste-t-il à faire ?

— Enlever le pansement extérieur, les moulages de mica dans les narines et un point de suture.

— Je n'ai pas les yeux au beurre noir ?

— Bien sûr que non, le redressement de la cloison nasale, c'est tout petit comme opération. À peine un peu d'œdème qui dure vingt-quatre heures, au plus.

— Bien.

— Ouvrez les yeux, s'il vous plaît.

La voix semblait altérée.

— C'est la première fois que vous faites ça ?

— Pas du tout, je travaille avec le docteur Azar depuis deux ans.

Elle ouvrit les yeux. Il se trouvait très près de sa figure, un jeune homme au visage ouvert, régulier, aux joues rondes. Il travailla bien, d'une main sûre, mais sans la regarder dans les yeux. Il n'avait pas à le faire, mais ça ne lui enlevait pas une allure d'étrangeté. Quand tout fut fini, il lui tendit un miroir et lui demanda son nom.

— Je m'appelle Éponine Gaspard, lui dit-elle, tout à son reflet, sans un regard pour lui.

Ils se serrèrent la main, il lui rappela de prendre rendez-vous dans deux semaines.

* * *

Elle s'appelait donc Éponine Gaspard. Seul dans le cabinet, il se rappela le long cri sur lequel elle l'avait quitté, dix ans plus tôt. Le visage était resté pur, plus osseux mais lisse. Les cheveux étaient restés longs, un peu plus foncés peut-être. Seule sa voix était différente. Il se la rappelait aussi nettement que le reste; de chaudement modulée, elle était devenue rauque. Ça ne la déparait pas. Mais il avait eu besoin de voir ses yeux pour être bien sûr que c'était elle.

Éponine. Prénom hugolien, et à l'origine, gaulois. Par là même bien français. Gaspard, c'était moins évident, probablement d'origine écossaise. Le sillage de son parfum lui semblait toujours présent; un élancement à la poitrine lui coupa le souffle. Il alla vérifier la date du rendez-vous qu'elle venait de prendre.

* * *

Elle était arrivée tôt et lisait. Il la fit attendre un temps raisonnable, ce qui dans un contexte hospitalier était exceptionnel, d'autant plus que son cas était si mineur qu'une politique nouvellement promulguée aurait voulu qu'on la fît passer en dernier. Elle ne paraissait pas s'en douter et posa plusieurs questions sur le temps de sa guérison, sur les points fondants qui restaient en place. Il répondit longuement, précisément; l'air de ne pas y toucher, il lui demanda quel traumatisme facial était à l'origine de cette déviation de la cloison.

— Je ne me souviens pas.

Elle avait le regard limpide, mais sa poignée de main fut glacée.

L'examen de son dossier lui révéla qu'elle avait exigé d'être anesthésiée localement, ce qui se faisait très rarement. Le docteur Azar, son patron, n'y avait consenti qu'à regret. La rectification de la cloison demande un appareil dans la bouche, fait saigner directement dans l'estomac; tout le monde demande à être endormi. Le dossier portait comme note :

« La patiente a accepté l'intervention sitôt connue la malformation. Tient à l'anesthésie locale. Probablement la phobie des évanouissements. »

Il nota l'adresse d'Éponine et arpenta son quartier dès le lendemain. Il la croisa après trois semaines, dans une librairie où elle feuilletait des revues. Elle le salua poliment mais à distance. Ce serait long. Il y mettrait le temps.

* * *

Un an de hasards. Un an de saluts échangés, de conversations à l'hôpital coupées par le patient suivant, de rencontres fortuites, de phrases échangées dans la rue, puis de cafés, puis de conversations plus longues. Pas de sorties, pas de téléphones, rien de délibéré. Le hasard, à petites doses.

Elle était taxidermiste.

— Ce métier répugne à certaines personnes, alors que d'autres l'admettent tout à fait. Je crois que ça a à voir avec l'idée qu'on a de la vie. La taxidermie, ce n'est pas mortifère, c'est refaire le premier véhicule de la vie, le corps...

« Le premier véhicule de la vie... » Elle parlait comme ça. Elle était diserte et drôle, plus curieuse des autres qu'elle n'imaginait les autres curieux d'elle. Il n'était pas pressé, il laissa les pièces s'emboîter d'elles-mêmes l'une dans l'autre. Et un jour, un premier coup de fouet sur la bête, léger :

— Tu sais une chose? Tu es dorée comme un épi.

Elle répondit d'un ton tout uni :

— C'était mon surnom, avant.

— Avant ? reprit-il.

— Avant que je perde la mémoire. Quand je t'ai dit que je ne me rappelais plus ce qui avait pu me frapper sur le nez, je ne te mentais pas.

— Je vois.

— Non, tu ne vois pas. Personne n'a vu. Un matin, l'homme que j'aimais m'a trouvée debout, près d'une vitre cassée où je hurlais. Il y avait des traces de lutte dans la pièce. J'avais une moitié du visage en sang et l'autre toute noire, mais l'examen n'a rien révélé d'autre. Simplement je m'étais battue et j'avais perdu la mémoire. Il a fallu que je réapprenne tout, même à écrire. En fait, avant la taxidermie, j'avais un autre métier : j'écrivais. Je gagnais mes sous avec de la recherche et j'avais publié deux recueils de poésie. Mais je n'ai jamais pu réapprendre ma vie, elle ne m'est jamais revenue. Je n'étais plus poète, ni amoureuse. J'ai perdu le don des larmes, aussi : les rares fois où ça m'arrive, je n'ai que des sanglots secs et encore, pas longtemps. Alors j'ai demandé à ma famille de ne plus m'appeler Épi, c'était une autre partie de moi.

Si jamais il avait péché en jouissant en spectateur du combat qui lui avait coûté sa vie à elle, il le paya avec l'effort qu'il fit de se cacher en lui-même.

— Tu es toujours dorée et belle comme un épi.

— Oui, mais sec.

Elle souriait en disant cela, touchée du compliment, détachée. Lui, se rappelait l'ombre qu'il avait cru distinguer derrière elle, cette nuit-là. Son instinct lui prescrivait de se taire, d'en finir là, mais tout son empire sur lui-même combattait sur un autre front, la brèche s'ouvrit toute grande :

— A-t-on pu retrouver celui qui t'a fait cela?

— Oh, non! Tout ce qu'on sait, c'est qu'il m'a épiée pendant des mois. Je tenais un journal où j'en ai fait état quelquefois. C'était probablement un voisin de ma cour intérieure, mais je ne l'ai jamais clairement situé, alors l'enquête n'a rien donné. Comme tu es pâle...

Tout seul chez lui ce même soir, il vomit une bile abondante, le diable en culottes de velours.

* * *

Le matin, il vomit à nouveau. Sur son estomac à vif, il avala toute une flasque d'armagnac, le seul alcool dont il disposât, pour se punir. Il s'absenta de l'hôpital, ne répondit plus à la porte ni au téléphone. En ramassant le courrier de quinze jours, il trouva une lettre à l'écriture appliquée. Elle venait d'Éponine.

« Mon très cher,

Je sens que je t'ai bien impressionné avec ma petite histoire. Je t'en prie, remets-t'en. Je me porte bien et je m'accommode de la vie que je me suis faite. Je regrettais les odeurs, mais toi et le docteur Azar me les avez rendues, alors pourquoi s'appesantir sur un passé qui ne m'est plus rien? Tant de drames plus graves que le mien surviennent chaque jour, qui défigurent à jamais la mémoire des gens. J'ai ma figure intacte et une mémoire toute fraîche, réjouis-toi de ma chance, oublions tout cela et porte-toi bien. Je porte le nom d'une Misérable de Victor Hugo, celle qui contemplait Marius de loin sans oser se faire connaître et qui alla à sa rencontre pour écrire un signal d'alarme : « Les cognes sont là. » Moi je t'écris aujourd'hui : les cognes ne sont plus là. Paix. J'espère te revoir bientôt,

Éponine.

Les cognes, ce vieil argot parisien du siècle dernier qui servait à désigner la police... Savait-elle la vérité, se souvenait-elle ? Comment se souvenir d'un visage qu'on n'a jamais vu ? Se doutait-elle ? Ou n'était-ce que du style ?

Il demanda sa mutation dans un hôpital du Grand Nord et l'obtint sur-le-champ. Il eut avec Éponine une correspondance épisodique, qui lui apprit son mariage avec un sculpteur et la naissance de deux filles, Adèle et Marion. Elle avait pris goût aux prénoms hugoliens.

Il refusa obstinément de revenir dans le sud quand on lui diagnostiqua un cancer de la gorge. Il n'eut qu'une exigence : qu'on suspende au mur face à son lit la photo de l'Île en forme de losange.

Une nuit, il y vit une jeune femme blonde qui lui souriait à travers un feuillage lumineux de printemps. Il cria un mot très court sans qu'aucun son ni aucun souffle ne franchissent ses lèvres.

Kiev et Kin

L'appartement était magnifique. De grandes pièces claires disposées en cercle autour d'un salon rond, une cheminée décorative en faux marbre... Le tissu des murs était lacéré par endroits, mais de toute façon, il était défraîchi.

— Bien sûr, les revêtements muraux sont usés, dit l'inspecteur des logements, qui suivait le regard de Kiev, mais le papier d'apprêt doit être encore solide.

Kiev ne répondit rien et Kin observa le même silence. Ils surent alors tous deux qu'ils tenaient déjà à cet endroit.

— Un ingénieur des mines devait venir ce matin, il ne s'est pas présenté, vous êtes donc les premiers à le voir. Ce logis a appartenu à la même famille pendant près de quatre-vingts ans, puis les derniers occupants ont été mutés dans une cité à l'intérieur des terres, je ne saurais vous dire laquelle, mais vous les connaissez mieux que moi, sans doute...

— Non. Nous ne venons pas d'une cité intérieure, nous sommes nés dans l'Ancien Monde.

— Vraiment? Par delà l'océan? Bien sûr, c'est possible, il y a vingt ou trente ans, nous traversions encore beaucoup... Notre Protecteur a maintenant la sagesse de ne plus nous laisser contaminer par cette mentalité si différente, si peu conforme à ce que nous sommes...

Il disait « nous », ce bureaucrate à moustache, alors qu'il n'avait sûrement jamais appartenu à la caste des passeports.

— Maintenant, la politique d'isolation des Mondes s'impose, pour eux comme pour nous, d'ailleurs.

Regard de Kiev à Kin : « Ne réponds rien ! » Regard de Kin à Kiev : « Et si je le frappais ? Frapper n'est pas répondre, qu'en penses-tu ? »

— Nous voulons cet appartement, monsieur l'inspecteur.

La voix de Kiev était amène, en dépit de la légère incorrection que constituait le fait d'interrompre un employé du gouvernement. Il ne voulait pas en venir si vite au fait, mais continuer une conversation sur l'Ancien Monde était hors de question. Autant profiter tout de suite du mince avantage qui leur restait.

— Alors je me dois d'abord de vous signaler qu'il a une superficie de plus de mille pieds carrés, et que donc il requiert la présence d'un minimum de trois occupants.

Évidemment, c'était trop beau, ces pièces immenses d'une autre époque, cette cuisine équipée de l'eau courante, d'une conduite de gaz, ces parquets de chêne clair, tout cet espace situé en plus dans une aiguille, un de ces édifices tout en hauteur et sans bâtiment mitoyen, donc entouré de fenêtres... On les trouvait parfois, à la périphérie du quartier central, un peu loin des services, généralement en piteux état. Ils étaient réservés aux familles, aux collectifs ou aux communautés. On a bien le droit de rêver une demi-heure. Kiev se dirigea vers la porte, Kin ne s'arrachait pas de la vue des portes-fenêtres de la terrasse. Le bureaucrate se tenait sous la suspension de bronze et suivait le trajet d'une pensée à deux qu'il ne pouvait pas saisir.

— Il y aurait bien une solution, et elle coïncide avec les nouvelles politiques du Ministère, on nous encourage à la proposer.

— Et quelle est-elle?

— Il faudrait vous charger d'un vieux.

Kiev observa un détail du parquet, le temps de réprimer un sourire. Cette visite n'était peut-être même qu'une façon de les appâter, lui et son frère, pour leur fourguer un aïeul en douce. Dans les cités du Nouveau Monde, il y avait toujours plus de vieux que de jeunes, et les réformes démographiques n'assuraient qu'un équilibre précaire : comment contrôler la population tout en la renouvelant et que faire des vieux orphelins, ceux qui n'avaient pas de descendance? Le bureau de la Longévité y voyait.

L'inspecteur s'était éclipsé sur ses semelles de feutre. Kiev s'approcha des portes-fenêtres, Kin regardait une jeune fille sur un toit voisin, qui arrosait un petit potager. Un vieux... il était peu probable qu'il leur rende la vie intenable, mais il était aussi peu probable qu'il fasse le ménage. Entre les deux, comment serait-il?

— Si Brazza était avec nous, dit Kin, nous n'aurions pas ce problème.

Brazza était leur sœur. Elle était morte dans l'Ancien Monde, emportée par la typhoïde.

— Ni à vivre avec cette solution, répondit Kiev.

* * *

Du bureau de la Longévité à MM. Kiev Fournier et Kinshasa Fournier :

Le sujet que nous vous envoyons à l'essai est de sexe mâle, âgé de soixante ans. Après vingt-cinq ans d'exil en terre d'Ungava, il est revenu il y a cinq ans. Il exerce la fonction de tailleur aux ateliers de la cité, il jouit d'une parfaite santé. POUR UN RETOUR D'EXIL, IL S'EST REMARQUABLEMENT ADAPTÉ À LA VIE CITADINE. Depuis cinq ans, son dossier est vierge. Une probation de six mois vous est allouée, après quoi, le cas échéant, un seul autre sujet vous sera confié à l'essai.

Kiev replia le papier. Kin n'ajouta rien. L'Ungava était la terre des bagnards, aux confins du monde. On n'en revenait vivant et en santé que d'une seule façon : en donnant quelqu'un pour un crime plus grave que le sien.

— Qui a donné une fois peut donner encore, fit pensivement Kiev.

— Oui, mais qu'avons-nous à perdre ?

— Rien, sauf un appartement.

Kiev apposa sa bague à cachets sur le formulaire, juste à côté du nom du vieux : Marius Gaspard-Rols.

* * *

Il était net, carré, soigné. Et grand, avec un visage acéré d'oiseau où brillaient des yeux aigue-marine. Il demanda qu'on lui indique sa chambre et fit le tour des lieux tout seul. Puis il se coucha.

Le lendemain, Marius était levé le premier et les deux frères eurent la surprise de voir qu'il connaissait l'usage du café et savait le préparer. Il était déjà vêtu de l'uniforme gris des ateliers.

— Je veux que tout soit clair dès maintenant, leur annonça-t-il de sa voix flûtée à la diction précise, j'ai passé vingt-cinq ans dans l'Ungava, comme vous le savez sûrement. J'en suis revenu en donnant quelqu'un, comme vous devez vous en douter. J'ai donné mon camarade de cachot;

il était malade, se savait condamné et m'a fait cadeau de cette chance pour s'éviter une longue agonie. Je l'ai chargé de tous les crimes de la terre, mais sans impliquer personne d'autre. Je suis revenu d'exil et ne demande qu'un peu de paix.

— Pourquoi nous dites-vous ça? demanda Kin.

— Parce que vous êtes deux jeunes tatoués snobinards, et que je ne peux pas m'en remettre à la chance pour m'entendre avec vous.

Kiev nota l'argot au passage. C'était donc vrai qu'on les appelait les tatoués, à cause de leur sauf-conduit tatoué sur l'avant-bras, ce privilège de caste.

— Et ils vous ont ramené de l'Ungava sur une simple dénonciation?

— J'ai un métier antique qu'ils veulent préserver : je suis brodeur et teinturier. J'orne les tissus de fils de couleur que j'ai moi-même teints. Je possède le secret d'un rouge unique. Je ne me débrouille pas mal avec le reste non plus. Ils veulent que je transmette mon art à d'autres.

Pour un ancien bagnard, il ne manquait pas d'aplomb et il n'était même pas agressif. Il menait le jeu avec une distance un peu crispante pour ses deux partenaires.

— Pourquoi nous faites-vous cet aveu? dit Kin.

— Pour que vous vous sentiez prémunis contre ma trahison éventuelle. Entre nous, ce sera donnant-donnant.

« Il pense juste, le roué vieillard », se dit Kiev.

— Tutoyons-nous, ce sera plus simple, ajouta-t-il, à l'étonnement de Kin. Le vieux opina.

— D'où vient ton nom... Kiev?

— De la ville où je suis né, en Ukraine. Nos parents sont des médecins en mission dans l'Ancien Monde. Kin est né dix ans plus tard, en Afrique. Nous sommes venus ici pour finir nos études. Je suis géographe et mon frère est un lettré, il va devenir écraniste.

— De beaux métiers nobles.

Il eut un sourire désuet : de la bouche, de la voix et des yeux tout à la fois. Rien de condamnable, mais tacitement on encourageait la neutralité du regard dans tous les échanges, le contraire semblait un excès d'effusion. Au fil des jours, Kiev et Kin apprirent à connaître ce sourire, si égal, si prévisible, si insondable pour eux. Ils s'étaient faits rapidement au Nouveau Monde, tout en ayant de ses us et coutumes une pratique dépourvue d'instinct; ils venaient d'ailleurs. Ils étaient l'exact envers de Marius, des migrateurs privilégiés, jeunes et déracinés. Et Marius, dès qu'il l'eut compris, les laissa en paix, ce qui n'était pas loin d'amuser Kin et de vexer Kiev.

— Il a des manières de mouchard, je n'aime pas ça.

— Tu crois? Il a un sourire si engageant.

— C'est bien ce que je dis : il a une gueule d'indicateur.

— Pas forcément. C'est peut-être un alcoolique.

Il ne buvait pas. Se levait et se couchait tôt. Travaillait dur. Kiev prit l'habitude de méditer sur la terrasse, au coucher du soleil. Seul.

* * *

C'était jour faste au marché : jour de carottes sans fanes et de bettes à cardes. Les fanes avaient un goût fade et augmentaient inutilement le poids du panier; les cardes, par contre, étaient très bonnes en salade. Il fallait savoir tirer profit de tout. Kin aimait le marché couvert; en arrivant tôt et en s'y prenant bien, il arrivait toujours à ramasser une denrée non prévue à leur carte de vivres; il n'avait pas les manières de sa caste, ça l'aidait auprès des marchands. La lumière, vers six heures du matin, y était très douce et le jour encore frais. Il voyait souvent, de loin, sa voisine, la jeune Sarrazin, une petite chose tout en nerfs avec une crinière blonde relevée en un chignon strict, qui marchandait la moindre pomme avec un aplomb de matrone. Sûrement pour le commerce de son père, le restaurateur. Un autre métier antique.

— Les métiers antiques sont un méchant privilège, lui avait dit Marius, une nuit où ils se parlaient devant une partie de dominos. Ils nous placent au plus près des puissants avec un pouvoir qui ne se partage pas.

— Quel était ton crime à toi?

Ils avaient bu du vin de citerne, ce soir-là.

— Je faisais souvent la navette entre Médilhault et la Méso-Amérique, pour les tissus véritables qu'ils ont là-bas, et des teintures végétales. La version officielle veut que je me sois livré au trafic du sang d'enfant.

Le sang d'enfant avait eu la réputation de guérir la sénilité, autrefois. Une superstition spontanée qui était disparue comme elle était venue.

— Et quelle est la vraie version?

— Voilà une question qui me touche beaucoup. Elle a sa réponse et je ne te la dirai pas.

Pour une fois, il ne souriait que de la bouche.

Kin marchait vite, mais sans courir et sans bouger les bras. Il avait au fond de son panier un morceau d'une délicatesse extrême. Le souffle un peu court, il monta l'escalier, franchit la porte, se rendit à la cuisine. Sous les carottes et les bettes, elle y était toujours. Et intacte.

— Il y a le feu dans ton panier, Kin?

Puis le rire de Kiev stoppa net. Marius siffla d'admiration dans un silence incrédule. Une brique de beurre! Ferme, fraîche, de bonnes dimensions. Ils salivaient tous les trois.

— Belle couleur, chuchota Marius. Les puissants des temps jadis s'en vêtaient les mains, c'était signe de richesse, des gants beurre-frais. Ce blanc crémeux, pas encore teint de safran, il sent l'herbe grasse et la terre noire qui tache les doigts. Je n'arrive pas à l'imaginer sur une main qui commande et qui méprise.

Regard de Kin à Kiev : « Tu crois qu'on pourra y toucher? » Regard de Kiev à Kin : « Ce n'est pas à lui, quand même ! » Mais Marius sortait déjà une casserole.

— Il faut le fondre tout de suite, si nous en mangeons maintenant, nous ne nous arrêterons pas. Coulons-le dans un pot de grès que nous couvrirons d'un linge humide. Il n'aura pas le même goût, mais nous n'en perdrons pas une noix.

Au souper ce soir-là, les fenêtres ouvertes portèrent jusqu'à Kiev, Kin et Marius une rumeur sourde martelée de détonations sèches. Les fêtes de la réélection du Protecteur commençaient cette nuit-là. Pendant cinq jours et cinq nuits, toutes les portes de la Muraille seraient ouvertes. On voyait déjà des feux de Bengale. Des fruits pourris lancés sur un mur sans fin.

* * *

La cape se fermait complètement à l'avant et son ourlet pendait pile à deux cheveux du sol. Son tissu satiné crissait à chaque mouvement, mais la couleur était belle, d'un violet profond. De grosses surpiqûres tenaient lieu d'armature et ce n'était pas superflu. Le col laissait passer trois figures moulées, noires et chapeautées. La créature cheminait à petits pas, ses trois têtes à l'unisson, au milieu d'une foule en liesse, vers le square du Millénaire où les attractions spontanées se tenaient, en marge du programme arrêté.

C'était l'endroit où se mélangeaient toutes les castes et tous les amuseurs : cracheurs de feu, bonimenteurs, musiqueurs, équilibristes. Les allumeurs, qui savaient manier le feu vif, vendaient déjà les lanternes du soir. Délimité par un pourtour d'arbres centenaires, ce vaste carré ne se révélait bien qu'en y pénétrant : son centre contenait une fontaine ovale d'où partaient de vastes allées pavées, en diagonale, dont la plus grande finissait sous un arc de pierre aux rosaces noircies, vestige d'une autre époque. Deux niches de statues avaient perdu leurs locataires depuis une éternité, à en juger par l'usure et la saleté qui s'y étalaient aussi uniment qu'ailleurs. Il n'empêche que les fêtards s'agrippaient là comme aux premières loges. Le vin se buvait à la louche dans des baquets, à volonté. Une odeur de farine grillée et de sucre rôti prenait à la gorge et au nez, aussi tenacement qu'un mucus. L'air résonnait d'une hystérie désarmante.

La créature franchit les limites du square, en direction de la porte sud de la Muraille. Il y avait là encore plus de gens que dans le square, et les gardes somnolaient debout, sur des chevaux qui en faisaient autant. La créature leva pour la forme son poignet tatoué, avant de se retrouver face au fleuve, portée par une vague humaine. Ces fêtes signifiaient, pour les castes subalternes, la possibilité d'aller et venir sur le fleuve et hors les murs, privilège autrement réservé aux castes supérieures, les tatoués.

La créature sut tout de suite prendre le chemin de l'embarcadère, choisir une pirogue. Elle embarqua d'un bond et se dégonfla, deux hommes sortirent de ses flancs, et se mirent à pagayer. La créature restait entre eux et le vent s'engouffra dans le tissu violet.

On était à la saison sèche. Le vent du soir se levait à peine, Kin gardait la pirogue à une encablure du rivage où des fanaux éclairaient déjà la fête. La créature se prit à envoyer la main, en réponse aux saluts des inconnus qui la hélaient. Elle avait maintenant un visage unique et le gardait masqué.

Ils accostèrent, et ni Kiev ni Kin ne pensèrent à réintégrer la peau de satin. La créature chanta, dansa, but et porta des enfants sur ses épaules. Regard de Kiev à Kin : « Tu crois qu'il s'amuse ? » Regard de Kin à Kiev : « Bien sûr, comme les autres. » Regard de Kiev à Kin, de Kin à Kiev : « Et toi ? »

Quand la lune fut haute, les gens commencèrent à refluer vers la cité. Non par la rive, mais sur de longues barques plates munies de toits où l'on entassa les victuailles et les petits. La nuit était noire lorsqu'elles s'ébranlèrent, chacune éclairée à la proue par un porteur de lanterne.

La créature se tenait sur un escarpement, face au fleuve, tout près de la pirogue. Kiev et Kin étirèrent le temps jusqu'à la fin du dernier fanal, puis s'approchèrent d'elle. Le manteau de satinette claquait au vent, le masque à chapeau brinquebalait sur une pagaie fichée entre deux pierres.

La seconde qui suivit compta dans la vie de Kiev. Il eut le temps de mesurer l'énormité de leur imprudence à tous les deux, d'avoir escorté et fait passer hors Muraille un ancien bagnard confié à leur surveillance, le temps d'entrevoir la disgrâce et le châtiment qui ne pouvait qu'advenir, pour le moins l'abrasion sous-cutanée du sauf-conduit tatoué. Le temps de se rappeler que leurs parents lui avaient confié son jeune frère à lui, Kiev, pour ne pas revenir au Nouveau Monde et que si on les rappelait, ils auraient alors à décider si oui ou non ils prenaient le camp des proscrits. Il vit le quartier général de la Muraille, aux entrées entièrement souterraines, d'où jamais un son ne sortait, jamais.

— Marius ? Qu'est-ce que tu fais là ? Es-tu malade ?

Kin sautait de rocher en rocher jusqu'à une bande de sable où Marius gisait, face contre terre.

— Non, mais elle me manque parfois.

— Qui ?

— La terre d'Ungava.

Kiev vomit sur la défroque violette. Ils la laissèrent derrière eux, dans le fleuve.

* * *

Les jours reprirent leur couleur ordinaire et les nuits leur obscurité. Kin termina ses études. Le métier d'écraniste consistait à consigner dans l'écran axial la somme des compétences disponibles et tenir le compte statistique des écrans secondaires : qui les avait consultés, combien de fois, à quelle centrale. Les écrans, axial et secondaires, étaient la seule structure alimentée à l'électricité. La connaissance de leurs codes et de leur mode de fonctionnement demandait toute une formation préalable à l'assimilation de la matière qui les alimentait. Un lettré devait d'abord faire son apprentissage d'électricien, d'électronicien, de statisticien.

Kin avait démenti tout cela : dans les contrées de l'Ancien Monde, il avait commencé son instruction à l'envers, sans contact avec les écrans, mais nourri de lectures archaïques, dans des livres. Connaissant déjà les œuvres, il avait acquis rapidement sa compétence des écrans, alors que généralement on croyait que seul l'écran permettait l'accès à la matière.

— Avec les écrans, on lit « sur » ; avec les livres, on lit « dans ».

Ce goût de la subtilité et sa jeunesse lui valurent d'être affecté à un service secondaire mais luxueux, réservé aux plus hautes castes : la poésie.

Pour l'heure, rien ne laissait présager que Kiev et Kin pourraient revoir leurs parents. Les contacts avec l'Ancien Monde se raréfiaient. Ils recevaient une missive d'Afrique de temps en temps; un jour ils en ouvrirent une largement tailladée en beaux rectangles nets, coupés au couteau. Une série de mots sans suite en ressortait : terre, animal, vieille, consomption, ligne, tremblement...

— Ils doivent être malades, dit Kin immédiatement.

Kiev réfléchissait.

— En tout cas, tant qu'ils nous sauront ici, ils ne prendront pas le camp des proscrits, pour nous éviter la disgrâce. Il faut leur faire comprendre qu'on les censure.

Kin ouvrit son clavigraphe et tapa sur une feuille :

Vous êtes toujours au cœur battant de mes pensées
Secrets encagés, grilles et grillages
Et rien ne nous délivrera
Ni vous, ni moi de vous.

— Ils comprendront, bien sûr, mais d'où cela vient-il ? dit Kiev.

— Une des matières que j'écranise, un poète du vingtième siècle. La censure n'y verra que du feu.

Et cette lettre ne reçut jamais de réponse.

* * *

La probation de Marius prit fin. Il reçut à son nom une petite caisse scellée, qu'il voulut jeter sans l'ouvrir, mais Kiev s'y opposa.

— Il y a peut-être des directives à suivre à l'intérieur, nous devons savoir ce que c'est. Ce sont peut-être des effets personnels anciens.

— Ce logis ne suffirait pas à contenir les effets que j'avais du temps de ma jeunesse. Cette boîte n'est rien. Un bureaucrate l'a ramassée quelque part et l'a envoyée par erreur.

Kiev fendit les cachets de cire. La caisse contenait une toute petite fiole remplie de poudre, un petite boîte plate et un carré de tissu très fin, au toucher étrangement doux.

— Du coton, dit Marius. C'est un mouchoir. Ces gens-là se figurent peut-être que j'ai encore des larmes.

— Et le reste?

La petite fiole portait une étiquette : *H. Bowne, pharmacist. Opium, half an ounce. New Haven, Connecticut, 1906.*

— Là, ils ont mêlé mes effets à ceux d'un autre, ça ne m'a jamais appartenu. Ceci, par contre...

Il avait ouvert la petite boîte et émiettait une herbe jaune.

— Du tabac, dit Kiev sur un ton docte.

— Exact, géographe. Je vois que pour un être né dans l'Ancien Monde, tu connais la terre du Nouveau.

— Mais l'opium? demanda Kin.

— L'opium est un médicament. Seulement, je n'en ai jamais fait usage, ce n'est pas à moi.

— Ça soigne quoi?

— La douleur, toute la douleur.

— Et comment le prend-on?

Marius agita la fiole près de ses yeux, la poudre coulait comme du sable.

— Mêlé au tabac, dans un narguilé, à mon avis, ça se fume.

Ça se fumait.

* * *

Kiev s'épongeait le front avec le mouchoir de coton. Dans Kinshasa l'africaine, l'aube se levait, grise, brumeuse, juste après l'ondée, juste avant le soleil. Kiev nageait dans une eau dorée comme le trésor le mieux enfoui, douce comme la cyprine d'une fille à peine pubère. Tout à l'heure sa mère l'enverrait chercher, c'était bien l'Afrique. Quelqu'un palabrait sur le quai, c'était bien l'Afrique, de choses incroyables, enracinées au plus profond de la terre, enchevêtrées d'images folles, acharnées à mort, décharnées à vie. Kiev nageait dans l'Afrique.

— Tu comprends, Kin, continuait Marius, avant notre siècle le monde était différent, ce qui nous est donné à savoir maintenant est si petit, et nous avons tant perdu.

— Faux, répondait Kin, leur science était grande mais non vérifiée, et leurs puissants étaient des êtres faibles. Ils ont ruiné leurs terres, ils obligeaient les inaptes et les mourants à vivre malgré eux, ils ne contrôlaient pas leur peuplement...

— C'était leur monde, que savons-nous des impératifs qui les guidaient ? La poésie que tu écranises, la tiens-tu donc pour un signe de barbarie ?

— Les écrivains étaient hors-la-loi. Enfermés, ou bannis, ou couverts d'or. Comme des voleurs !

— Ne confonds pas le sort qu'on leur a fait avec ce qu'ils ont fait. Eux au moins, n'avaient pas besoin de clavier, ni d'écran.

— L'écriture de la main est une ineptie.

— Tu parles en écraniste. Pour en juger, il faudrait que tu la pratiques.

— C'est une ineptie. Lente, archaïque et donnant lieu à toutes les imperfections.

— Je pourrais te l'apprendre. Si c'est une ineptie, ce n'est rien de grave, n'est-ce pas? Apprends-la, tu sauras ce qu'il en est.

Kiev sentit ses membres lourds. Il nageait toujours des heures et après, le contact avec l'air et le sol lui enlevait toute sa force. Il s'étendit sur la terre rousse et sèche qui s'agrippa à lui et ne le lâcha plus. Qui parlait au-dessus de sa tête? Et de quoi, pour l'amour du ciel?

— Et qu'est-ce que je ferais avec cette écriture? Pas d'écran, pas de relais, pas de propriété, pas de signature, un geste qui s'élance tout seul, sans le regard de quiconque pour le nommer?

— Ton regard, Kin. Le tien seul, affranchi de tous les autres.

Kiev cuisait dans la boue sèche, jusqu'aux os, comme ces animaux enfouis dans la pierre ou la glaise. Sa vocation de géographe était arrivée là, un de ces jours d'Afrique passés dans l'eau et la terre. Et il sut qu'il y avait pour toute chose de la vie l'instant et le moment, une seconde sans recours qui enlevait tout. « Et si je mourais? se dit-il, si je mimais ma mort si bien qu'elle devînt vraie? » Il ouvrit les yeux et vit à ses pieds une créature au visage noir, drapée dans un tissu violet, qui le regardait. Il poussa un cri et se réveilla dans le salon rond. Marius dormait dans un fauteuil, Kin était parti.

* * *

L'opium guérit la douleur mais donne mal à la tête, ils le découvrirent plus tard. Kiev avalait un café froid à toutes petites gorgées, avec l'impression de rompre une digue sous son crâne. Kin marchait les bras écartés, sur une ligne que lui seul semblait repérer. Marius promenait le mouchoir imbibé d'eau sur son front et sa nuque.

— Je conçois que les habitants de la Chine aient perdu leur pays par la faute de ce poison ! Ce n'était pas à moi, je le disais qu'il fallait jeter cette boîte !

— Tais-toi, Marius ! J'ai le cœur qui éclate dans ce qui me reste de tête.

Kiev eut un rire nerveux et grimaça. Marius sourit :

— *Vous êtes toujours au cœur battant de mes pensées*
Secrets encagés, grilles et grillages
Et rien ne nous délivrera
Ni vous, ni moi de vous.

Kiev et Kin le regardèrent.

— Ne faites pas ces têtes, je ne commets pas un crime. Ces mots, je les connais par cœur depuis toujours, ma grand-mère les a écrits.

— Éponine Gaspard est morte très jeune et sans enfants, répondit Kin, elle n'a laissé que deux recueils.

— Elle est morte octogénaire, avec une nombreuse descendance. C'est la poésie qui s'est éteinte en elle, bien avant la vie.

Regard de Kiev à Kin : « Laisse faire. »

— J'ai rêvé, dit Kiev d'une voix neutre, mais j'ai oublié.

— Je n'ai pas rêvé, dit Kin.

— Je ne rêve jamais, dit Marius, ce n'est plus de mon âge.

Kin se rendit au travail à pied, le temps le permettait. Il était encore très tôt le matin, les gens s'éveillaient à peine, les rues étaient vides. Il se disait que justement, il lui faudrait revoir les recueils d'Éponine Gaspard. Il ne pouvait s'imaginer cette jeune fille en grand-mère, fût-ce celle de Marius. Les mots qu'elle avait signés de son nom et qu'il avait égrenés sous ses doigts pour les écraniser étaient ceux d'un être si jeune. Comment sa poésie avait-elle pu s'éteindre sans elle ? Et comment avait-elle survécu ? Se pouvait-il que ces mots aient couru librement autrefois, par les rues, comme des voleurs ?

Ces mots avaient appartenu à une inconnue qui les avait tracés de sa main, affranchie de tous les regards. Kin frissonna. Une douleur mince comme un fil lui nouait les omoplates. Comme une main creuse sur les épaules, presque rien.

Peck

Absalon Peck avait quatre ans et n'était que haine. La journée commençait mal.

On venait de lui ceindre les reins, comme à une fille, d'une étoffe trop serrée qui contenait un chiard, le dernier d'une longue lignée de Peck, et pour finir la honte, le chiard était une chiarde, une fille d'à peine une lunaison que l'on appelait déjà Bashanti. Absalon, pour avoir observé le phénomène maintes fois sur ses sœurs, savait que les chiards en pagne transpercent le dos d'une semence qui se dépose dans le ventre, le gonfle, puis fend l'entrecuisse très salement et qu'un autre chiard, tout pareil à son semeur, arrive à son tour, s'arrime à un dos et que ça ne finit jamais. Quelquefois, le chiard mourait. Si c'était en naissant, parfois la mère vivait. Si c'était avant la naissance, le chiard pourrissait le sang de la mère et la tuait. Quelquefois la mère mourait et le chiard se portait comme un charme. Tout ça était compliqué. Et collant.

Il s'était débattu en hurlant, comme le faisaient ses sœurs dans la nuit, il comprenait pourquoi maintenant. Le père Peck lui avait imposé le silence comme aux autres, d'un poing sur la gueule. Puis deux tours d'étoffe, le chiard, deux tours d'étoffe, une claque, un nœud.

— Ce n'est pas pour toujours, avait promis le père. Laklali est malade, elle voyagera dans la charrette et je n'ai que toi pour porter Bashanti.

Laklali était la mère du chiard et la sœur d'Absalon. Et sa mère à lui aussi. Il le savait parce qu'il se souvenait de sa voix, savait qu'elle avait une voix, alors que pour tous les autres, elle était muette. Il se souvenait de tout, d'ailleurs : le noir humide, les bruits, les voix, la douleur et la lumière. Et la voix du père Peck qui disait : « Enfin, un de mes chiards qui ne me nuira jamais ! » Le père Peck était un géniteur malchanceux : il ne faisait que des filles, et avec ses filles. Dans les bas quartiers de Tenochtitlán, sous les remparts de la ville, même les plus pouilleux commençaient à lui tourner le dos. La famille n'excuse pas tout, quand même. Faire plus d'un enfant, c'était bon pour les barbares des siècles anciens. Et puis ça attirait les inspecteurs de la cité, sans parler de la police, toutes ces filles grosses inopinément et qui se seraient fait tuer plutôt que de donner le père.

Il fallait partir ; ils le firent de nuit. Laklali dormait d'un sommeil de braise et de plomb, le père Peck tirait la charrette à bras, Absalon trottait à ses côtés. Il avait mal au ventre, si mal qu'il lui semblait que le chiard l'ensemençait déjà. Puis, passé les murs de Tenochtitlán, l'air devint plus doux et la nuit plus opaque, le père Peck se mit au pas, lui permit de rejoindre Laklali qui était chaude. Elle gémissait sans conscience des sons qu'Absalon seul pouvait reconnaître. Il se prit à espérer qu'il retournait dans le ventre noir, la terre sans nom, sans fond. Son réveil fut cruel.

Au moins, son ventre ne gonflait pas et il faisait encore des étrons d'homme.

Partir, donc. Hors des cités, il y avait de longues routes, qu'on appelait lacets, des ornières creusées et durcies par les chars à essence de l'autre siècle. Ces lacets se dévidaient presque à l'infini, en longues pistes cahoteuses. Une légende disait qu'on pouvait même passer du Nouveau Monde à l'Ancien sur les lacets, mais personne n'était revenu pour le prouver.

À un nœud où tous les lacets se croisaient, le père Peck choisit d'avoir le vent dans le dos. C'est ce qui le fit cheminer vers le nord.

— Après la ligne de chaleur, nous pourrons voyager à la lumière du jour et dormir la nuit.

De temps en temps, un morceau d'arche servait d'abri ou même de promontoire, si on pouvait y grimper. Mais c'était rare, on devait habituellement s'abriter le jour, de midi au crépuscule, sous la charrette. Le père Peck en profitait pour pendre Bashanti aux mamelles de Laklali, toujours dormante. La chiarde prospérait, contre toute attente et au désespoir d'Absalon. Le père Peck la soupesait d'une grande main experte. Quelquefois, de vieilles braises cendreuses indiquaient le passage d'un autre nomade, un apatride comme eux.

Il y en avait qui tuaient des bêtes, aussi incroyable que ça puisse paraître. Les ossements qui parsemaient les lacets ne laissèrent aucun doute dans l'esprit du père Peck, qui s'empressa d'affirmer que pour être des sans-cité, ils n'en avaient pas moins été des citadins de la grande Tenochtitlán, que manger la carne des bêtes faisait tomber les dents et que porter leur peau rendait fou, ce qui était prouvé depuis plus d'un siècle. Mais les nuits devinrent de plus en plus froides.

— À moins, bien sûr, que la bête soit déjà morte et écharnée par la charogne, ce qui change tout.

À qui parlait-il ? Il aurait été bien en peine de le dire lui-même. La muette semblait presque avoir perdu l'entendement. Le gamin n'était pas muet, mais ne finissait jamais une phrase, peut-être à cause de la peur des coups que Laklali lui donnait dès qu'il ouvrait la bouche. La nourrissonne le regardait déjà dans les yeux, mais bien sûr, elle ne disait rien encore. Parlerait-elle, d'ailleurs? Laklali n'avait pas été muette dans sa petite enfance, avant que le premier hommage de son père la bouche pour toujours. Quelle étrange chose que le trou des femmes et quelle étrangeté d'en avoir un tel besoin, et quelle malchance d'être né avec une semence si riche, une semence d'avant le cataclysme, comme il ne s'en faisait plus. Une semence de Peck.

Une odeur musquée le prit au nez, une carne pourrissait au soleil. Quelques lambeaux de tripes luisaient sur un squelette humain. Celui-là ne laissait pas de pelage à prendre. Il y avait des baies vertes et rouges, tout autour de lui, écrasées ou entières. Tué pour des grains de café, apparemment. Le père ramassa tous ceux qui étaient encore mangeables et en croqua sur-le-champ. Pour en avoir déjà déchargé, il connaissait la saveur et l'effet des grains de café. Cela enlevait la fatigue et ranimait l'esprit. Peut-être y avait-il des caféiers sur la route. Tout n'était pas absolument mauvais dans l'exil, allez donc savoir.

Les lacets s'allongeaient dans des terres sèches où l'horizon s'étendait loin. Ce hasard de la nature était une chance pour les nomades : peu de risques d'embuscades, d'animaux errants ou de détrousseurs. L'incertitude commençait avec l'obscurité; Peck préférait se passer de lumière que d'envoyer un signal aux hommes et aux bêtes. Il valait mieux laisser aux yeux le temps de s'ouvrir.

La nuit avait un autre silence que le jour. Rien à voir avec le couvre-feu de Tenochtitlán. Le silence de la plaine ne couvrait rien, il vous découvrait jusqu'à l'os, vous soulageait de toute la mauvaise graisse des vieilles années. Non, tout n'était pas mauvais dans l'exil. À peine avait-il passé une lunaison sur les lacets qu'il avait l'impression d'y être depuis dix ans, mais qui l'aurait cru à Tenochtitlán, s'il était revenu pour leur dire : « Sur les lacets, je vais à ma guise, nul ne m'envoie à la corvée et mon chemin m'appartient, et je pourrais engrosser la terre, la lune, le soleil sans que personne m'en demande compte. » Que n'était-il parti plus tôt, jeune homme, au lieu d'attendre d'avoir la police sur le dos. Il aurait cheminé pour la vie, sans autre but, heureux.

L'air sec et pur profitait à Laklali, elle cessa de délirer. Si elle avait eu plus à manger elle se serait remise tout à fait. Le matin où elle ouvrit les yeux sur la plaine pelée, son étonnement ne fut pas petit. Elle pleura, mais elle était trop faible pour s'en prendre au père et Absalon demeurait à une distance prudente. Elle leur feula son indignation si bien que le père Peck voulut la bâillonner de peur que ce son bestial attire la charogne. Comme il n'avait pas d'autre tissu que le pagne, il fallut bien le reprendre à Absalon et rendre Bashanti à sa mère. Le bébé eut un meilleur effet que le tissu et Laklali se tut pour examiner cette chiarde à elle qu'elle voyait pour la première fois.

Qu'elle était grosse et rougeaude et souriante et belle ! Pas comme Absalon, qui l'avait brûlée et lacérée sans lui faire la grâce d'un évanouissement et en ayant le toupet de vivre, sitôt sa tête de rat sortie des limbes. Non, cette petite avait su naître pendant l'inconscience de sa mère et si elle vivait, eh bien tant pis, rien n'est parfait. Elle tétait avec appétit, mais sans mordre et en souriant.

Absalon se tenait les reins des deux mains comme une accouchée, il récupérait son dos sans oser croire à sa chance. Sauvé ! Sauvé de la peur et du chiard. Sauvé de peu d'ailleurs, car un chiard avait commencé à se former dans son ventre, il le savait : dès le lendemain de sa délivrance, il chia du sang.

Il laissa son chiard pas fini sur un rocher, au soleil, en souhaitant qu'il s'évapore ou qu'une bête vienne le lécher. Pénétrer de la sorte un ventre vivant lui semblait le meilleur des destins.

La végétation changeait. Ils trouvèrent un lac et non loin, un champ d'herbages et des arbres. Mais bien sûr, un bonheur n'arrive jamais seul. La plupart du temps, il attire du monde.

L'homme était seul, il avait eu les yeux brûlés par le vent et la lumière. C'est du moins la seule explication qu'Absalon pouvait trouver à leur étrange couleur de roche, gris pâle. Ses cheveux faisaient penser au sable qui rouille au fond des sources, sa peau était couleur de terre sèche. C'était leur premier nomade, un homme jeune, vêtu de guenilles torsadées, tout mangé par la terre et le ciel. Il n'avait pas de chariot, rien qu'un sac et de vrais souliers.

— *Inglés* ? cria l'homme.

Il gardait la main à la ceinture. « Il a sûrement une arme, ce nordiste », pensait le père Peck.

— Tenochtitlán ! répondit-il.

— Je suis nomade, dit l'autre. Je vais seul sur les lacets, je n'ai aucun désir de vous nuire.

Il voyait un homme à cheveux blancs, voûté et noueux, une très jeune fille aux joues creuses et aux seins ronds et hauts, un bébé tétant après elle, et un petit qui tenait son coude replié devant sa figure. Et sales, tous. Maculés de boue et de poussière, les yeux sertis de croûtes. C'était leur seule façon de ne pas brûler au soleil. Des citadins pauvres. Il se demanda si la fille était belle et s'aperçut qu'elle le regardait.

— Je m'appelle Peck, dit le vieux. Ceux-là sont mes enfants... et ma femme, ajouta-t-il.

— Je m'appelle Cousineau.

— Quelle est ta cité ?

Citadins, pauvres depuis toujours et sur les routes depuis hier, à n'en pas douter.

— Sache qu'un nomade n'a pas de cité.

— Ont-ils tous comme toi un caillou qui roule dans leur bouche ?

— La langue de Tenochtitlán n'est pas la mienne. Je la parle pour l'avoir apprise avec d'autres de ta cité.

— Certes, la cité de Tenochtitlán est la plus grande et la plus ancienne et la plus peuplée.

« Et c'est pour ça que tu cours les routes », pensa Cousineau tout en répondant :

— Si tu parlais la langue de ma cité, tu cracherais des cailloux à t'en mettre la bouche en sang.

« Ombrageux », se dit Peck. « Un défaut d'ancien riche. »

— Veux-tu manger, Cousineau ?

Cousineau avait de drôles de manières, il ne mangeait pas avec ses doigts ; ce détail mis à part, il devint un précieux compagnon de route. C'était un vrai nomade : il voyageait pour éviter les cités, du nord comme du sud. Il pouvait prédire le temps, détecter une source cachée, faire du feu avec rien et parler toutes les langues. Jamais avare de sa science, par-dessus le marché, prêt à tout transmettre sans rien demander en retour. Il apprit au père Peck la chasse à la fronde et le dépeçage des bêtes. Manger de la carne était un danger, il le savait, mais plus la carne était fraîche, moins le danger était grand, selon lui, et en cuisant la chair des bêtes, c'était mieux. Après deux ou trois fois, on s'habituait au goût. Cousineau avait d'autres façons de nomade, moins plaisantes : il se jetait à l'eau tous les matins, pour se laver.

Sur la carne, le père Peck ne pouvait argumenter, mais pour la propreté, son idée était faite. Dans ses années de portefaix à Tenochtitlán, il avait monté des cuves d'eau bouillante et parfumée chez des puissants et des riches. Ces gens-là vivaient à l'abri, ils pouvaient bien s'enduire la peau d'huile odorante et la gratter ensuite avec des palets de nacre ou d'ivoire et se rincer à l'eau claire, ils ne risquaient rien. Mais la seule protection des pauvres, c'était la crasse, qui empêche les cheveux de tomber et la peau de brûler. Pendant le grand cataclysme, on avait bien vu à quoi avait mené la propreté ! Seuls les pauvres crasseux s'en étaient sortis indemnes.

— Je crois que les rescapés ont dû leur chance à leurs abris, et non à la saleté, avait répondu Cousineau très doucement.

N'empêche, de leurs abris ils étaient sortis sales, et sales ils étaient restés. Ils avaient élevé leurs enfants dans la saleté, à leur tour ceux-ci l'avaient pratiquée et depuis...

Laklali pendant ce temps épouillait sa fille. Un matin, tôt, alors que Peck dormait encore, elle se baigna le visage dans l'eau du lac. Le visage seulement. L'eau s'écoulait en longues trainées boueuses dans son cou, elle s'en mit dans les yeux par mégarde, elle frissonnait au contact de l'air. Cousineau vit qu'elle était très belle. Elle avait un profil simiesque au front bombé, qui lui donnait l'air pensif, une bouche parfaite, de beaux yeux, si noirs qu'ils semblaient bleu nuit. Ces yeux-là parlaient, mais la bouche était toujours muette. Même embrassée, cette bouche restait muette. Laklali prit Cousineau par la main et lui désigna au loin

Absalon qui dormait. Puis elle prit une poignée de boue, s'en mit jusqu'aux cheveux et s'éloigna.

Ainsi, elle pouvait penser, cette muette. Ce petit garçon parlait, Cousineau le savait. C'est par lui qu'il aurait accès à Laklali. Il faudrait l'approcher prudemment, quoiqu'il semblât d'un naturel assez liant, car l'affaire était risquée, Peck était fort pour un vieux et encore capable de défendre chèrement ses droits sur une femme jeune et saine.

Le petit était souvent seul, mais ne répugnait pas à parler, pourvu qu'on reste à distance. Cousineau mit six pieds entre eux et fit rouler un caillou jusqu'à lui. On le lui renvoya de la même façon.

— Tu es le fils de Peck, n'est-ce pas?

— Oui.

— Et Laklali est ta mère?

— C'est ma sœur.

— Je ne te parle pas de la petite, mais de la grande.

— La petite est du ventre de Laklali, et moi aussi, je suis de Laklali.

— C'est ta mère?

— C'est ma sœur, mais j'étais dans son ventre.

Le caillou cessa de rouler, Absalon se rapprocha, mais Cousineau serrait les poings.

— Tu étais dans son ventre?

— Oui, en entier. Et elle a beaucoup crié, mais dans son ventre seulement, parce qu'elle a perdu la voix.

— Et elle criait quoi?

— Je t'haïs, je t'haïs, je te tuerai, je prendrai ta pisse et je te la ferai boire, je prendrai ton caca et je t'étoufferai avec... comme elle le crie toujours. Mais je suis tout seul à l'entendre, personne ne veut le croire. Elle aussi, je pense qu'elle était du ventre de sa sœur, mais elle l'a crevée en sang quand elle est sortie.

— Il faut dire « je te hais », pas « je t'haïs ».

— C'est à elle qu'il faut le dire, pas à moi... Tu me crois ?

— Oui.

Cousineau reprit le caillou et traça un signe dans la terre.

— Tu vois ça ? C'est une tête de bœuf, avec ses cornes, et son museau, et si je la trace à l'envers, c'est un A.

— Un A, je veux bien, mais un bœuf, qu'est-ce que c'est ?

Il était impossible de donner un âge à cet enfant, tout petit, mais ce pouvait être faute d'une nourriture suffisante, qui parlait comme un grand, mais pour répéter les injures du ventre qui l'avait porté. Les lettres, il les retint très vite, et sut écrire son nom. ABSALON.

— Je suis une tête de bœuf, et deux cailloux empilés, et un serpent, et une tête de bœuf et une branche droite, et une tête sans visage et une branche brisée. C'est moi, Absalon. Qu'est-ce que c'est, un serpent ?

Auparavant, sur la terre entière, il y avait des animaux, et des hommes et des femmes, partout des cités ouvertes à tous les vents, sans remparts, et tous allaient sur les terres et les mers à volonté, à la vitesse du vent... Absalon croyait tout qui vint de Cousineau.

Le père Peck en prenait moins à la fois, mais il avait appris à aimer le feu, qui dans la fraîcheur de la nuit était une bonne chose. Quand Cousineau lui annonça son départ vers le sud, il lui demanda de choquer les cailloux devant lui, pour bien retenir la façon de faire. Ce fut dans le claquement sec d'un feu de branches qu'ils se parlèrent pour la dernière fois.

— Si tu montes vers le nord, dit Cousineau, tu passeras bientôt la frontière des USA. Bien des nomades font la bêtise de quitter les lacets pour aller rôder autour des cités côtières, qui sont très riches. C'est parce qu'elles se défendent bien qu'elles le sont. Personne ne vit hors des remparts et on tire à vue sur les intrus. Tu le sauras. Il y en a qui croient pouvoir franchir les périphéries de ces cités et atteindre l'océan pour se déplacer. Outre qu'il faut savoir y faire, personne à ma connaissance n'en est jamais revenu.

— L'océan est une sotte idée, d'ailleurs je ne crois pas que ça existe. J'irai dans les terres du centre.

— Oui, mais pour ce que tu veux faire avec tes enfants, tu ne trouveras rien dans les terres du centre.

— Et qu'est-ce que je veux faire avec mes enfants, s'il vous plaît ?

— Tu veux les vendre.

— Ben... forcément, on ne peut vendre que ce qu'on a. Tasse-toi, tu rougis au feu.

— Monte au nord du nord, franchis l'autre frontière des USA, en restant sur les lacets, tu trouveras la cité de Médilhault.

— Bien aimable de ta part. Ils ne me tireront pas dessus ?

— Médilhault est une cité de Quebs. Ceux-là ont toujours été moins riches que les autres riches. Ils ont moins perdu. Ça ne les rend pas meilleurs, mais moins durs. Ils sont susceptibles, naïfs et orgueilleux.

— Tiens donc ! C'était ta cité ?

Cousineau sourit. Peck, engourdi de chaleur, piquait du nez vers le feu. Cousineau le retint, l'étendit, déposa ses deux silex près de lui.

Le lendemain, il était parti. Laklali aussi. Peck pissa sur les dernières braises, sans hâte. Cousineau, décidément, ne s'y connaissait pas en femmes. Laklali était méchante comme une charogne, son cul brûlait comme une forge et il y avait fort à parier qu'elle perdrait toutes ses dents pourries à force de mordre. Elle n'allait pas durer. Bashanti lui aurait fait un meilleur usage, et plus longtemps.

Pourtant, tout au long de sa route, jamais il ne toucha Bashanti. Après quelques essais infructueux, il se lassa pour de bon; elle riait, l'innocente! Peck constatait sans joie que seuls les cris de l'outrage lui fouettaient le sang. Il ne jeta même pas sa semence à la terre, qui n'aurait rien crié non plus. Il y a des choses, faut que le cœur y soit.

Mais Peck se trompait sur une chose: Laklali mourut à un âge fort respectable. Un jour, homme fait depuis longtemps, Absalon se réveilla une nuit en suffoquant: il cracha une motte de terre, puis une autre. Une terre crayeuse, salée, qui goûtait le cuivre, pas la terre de Médilhault, grise et ferreuse. Et il sut que Laklali venait de mourir, que ce ventre, gorgé de sang et de colère, qui suintait le pus et les larmes, était occupé à pourrir, quelque part dans la terre du sud.

* * *

Le quindécimvir Marais se vêtait en tout temps et en tout lieu de l'ample lainage bleu qui servait à sa fonction de gardien des livres. Ce costume gardait au frais dans la chaleur des rues et réchauffait dans l'humidité froide des voûtes à livres. Il affectait une indifférence oublieuse de cet indice de sa fonction, mais prenait plaisir à faire des effets de manches et à trouver dans le regard des autres le respect trouble que fait naître un insigne vestimentaire de la puissance. Vaniteux, somme toute, mais le sachant.

— Cette fois-ci quindécimvir, je crois que j'ai exactement ce que vous cherchez, du cheptel de bonne qualité, qui vient de m'être rabattu par un collègue des Grands Lacs. D'après nos expertises, le garçon a quatorze ans et quatre-vingts jours, et la fille, dix ans et seize jours.

Les deux enfants se tenaient debout, nus, frissonnants sur le dallage. On venait de leur raser le crâne.

— Vous constaterez que les têtes n'ont ni bosses, ni trous, ni cicatrices. La fillette avait une blennorragie mineure que nous avons facilement résorbée, le garçon est très sain.

— Il est bossu.

— Tout au plus une légère voussure, due à l'adolescence et qui disparaîtra avec elle. Une mauvaise poussée de croissance.

— Je vous crois, vous les avez nourris à coups de perfusions vitaminées.

— Jamais ! D'autres maisons ne se privent pas de le faire, mais nous réprouvons ces méthodes : ni gavage, ni perfusions.

— Tourne-toi, mon petit.

Le garçon ne bougeait pas, les yeux sur le qui-vive et la respiration très lente.

— Quelle langue parlent-ils? Parlent-ils, plutôt?

— Comme ce sont des nomades, leur langage nous pose un problème. Ils baragouinent, autant vous le dire d'emblée : tout ce qui touche à la nourriture, aux fonctions naturelles, à la mort, ils le disent en espagnol; ils savent compter et dire l'heure en anglais, ils savent leurs lettres et le nom de certains animaux et plantes en français...

— Par le ciel...

— Ça aussi, ils le disent en français, tous leurs jurons. Et ils ne rient qu'en montagnais. Mais vous ne les prendrez pas pour leur conversation, n'est-ce pas?

Marais toucha l'épaule du garçon, qui pivota sur-le-champ. La déviation de la colonne était évidente, une cyphose définitive, et qui se dessinait sous une peau de serpent, traversée de veinules ponceau, étrangement bouillonnée.

— Ce n'est pas une maladie, nous pouvons le certifier. Il semblerait que ce soit une brûlure, très ancienne.

— Le soleil peut-il brûler ainsi ?

— Justement non. Nous pencherions pour une lésion faite au feu vif. Vous savez comme moi que les nomades ne répugnent pas à s'en servir, quelle que soit la manière pendable qu'ils ont pu trouver pour en produire.

Marais ne répondit rien, il jaugeait les deux articles : deux petits moricauds, tondus, frémissants, les dents serrées, avec pour tout ornement un éclat de silex enfilé sur un cordon de chanvre qui leur pendait au cou.

— Vous remarquerez des signes distinctifs qui les rendront facilement reconnaissables en cas de fuite ou de vol : la fille a les yeux bleu-noir, une nuance fort rare, surtout sous nos latitudes, et le garçon n'a pas la marque de l'ange.

— La marque de l'ange ? C'est-à-dire ?

— Regardez bien la lèvre supérieure, elle est complètement lisse, sans cette rainure verticale qui va du nez à la bouche. Le terme anatomique est « gouttière philtrale ». Les petites gens appellent cela la marque de l'ange, un reste de l'obscurantisme théocratique d'avant le cataclysme, mais qui comporte sa part de poésie, convenons-en.

— La poésie aussi est un reste d'obscurantisme, monsieur. Je ne suis pas venu m'entretenir du passé ici, mais assurer mon avenir.

— Enfin, quindécimvir, nous pouvons garantir formellement leur groupe sanguin, B positif, le même que le vôtre, ce qui fait d'eux une aubaine que vous ne devriez pas laisser aller.

Le marchand parlait en bon marchand, avec des virgules adroites qui portaient le sens de la phrase mieux que ses mots.

— Bien sûr, mon brave, vous avez bien rempli la commande. Je les prends tous les deux et les emmène tout de suite. Veuillez les vêtir. Vous vous ferez compter l'argent par mon secrétaire.

Quand le marchand se releva, le quindécimvir passait déjà la porte, dans un grand bruit bleu d'étoffe souple.

— Et vous veillerez à leur mettre des chaussures aux pieds.

— Les chaussures vous seront comptées en sus.

La porte claqua.

— Et deux fois plutôt qu'une.

La fillette éclata d'un rire perlé, le marchand se retourna sur elle, elle ne baissa pas les yeux. Comprenait-elle? L'heure d'avant, elle se précipitait à ses genoux. Elle se savait donc avec un nouveau maître. Sale engeance que les nomades capturés, certains avaient le cerveau poreux comme du bois d'orme, et d'autres le cœur dur comme les pierres qu'ils affectionnaient tant. Des singes à face humaine. Mais leur usage était répandu. Et nécessaire, à en juger par la demande.

« Comme je hais les quindécimvirs », pensa le marchand, sans oser le dire à haute voix.

Absalon et Bashanti marchaient derrière le quindécimvir Marais, qui arpentait sans se presser les rues de Médilhault, la cité française du nord, celle où leur père ne parviendrait jamais. On s'écartait sur leur passage, Absalon le remarqua, et d'aussi loin qu'on les voyait venir. Ils montèrent les pentes escarpées du quartier de la Muraille et pénétrèrent dans une cour intérieure fraîche, éclairée par un carré de ciel assez lointain. Deux domestiques les menèrent aux communs du rez-de-chaussée. Ils virent monter le manteau du quindécimvir dans une large galerie en spirale ; avant de disparaître, il se pencha pour crier :

— Ces deux enfants doivent apprendre notre langue, car je compte en faire usage longtemps, parlez-leur chaque fois que vous le pourrez, et employez-les à des tâches pas trop ingrates. Et nourrissez-les bien : de la viande à suffisance, des légumes verts, du vrai beurre...

Les domestiques du quindécimvir étaient nombreux, le travail n'était jamais excessif. Seulement tous les matins à l'aube, la secousse d'un garot au-dessus du coude les réveillait, et on leur tirait à chacun une petite fiole de sang. La douleur était minime, la sensation infime, mais ni Absalon ni Bashanti ne retombaient dans le sommeil. Ils demeuraient sans parler, les yeux ouverts, les poings fermés, à attendre le réveil de la maisonnée, l'esprit clair et le cœur barbouillé. Dans la cour déserte résonnait pour eux seuls le cri étouffé d'une bête. Bashanti l'appelait le coyote.

— Non, répondait Absalon, c'est un faucon, une mère faucon qui défend sa couvée.

La langue de Médilhault, ils l'apprirent rapidement, au point d'oublier les autres.

* * *

Dans notre position, nous n'avions pas les moyens de baragouiner, seul mot que la langue bretonne a donné au français, qui vient de *bara* : pain et de *gwin* : vin. Nous avons échangé le pain et le vin des nomades pour une langue de sédentaires. Troqué notre sang et notre chair contre les murs d'une cité.

* * *

Deux années s'écoulèrent dans les communs. Absalon et Bashanti grandissaient bien, donnaient ce qu'on attendait d'eux, travaillaient convenablement. Leurs corps assimilaient une nourriture abondante et donnaient chaque matin des fioles de sang foncé, plein de fer. On leur permit de porter leurs cheveux et des souliers, ce qui n'était pas courant pour des esclaves. Ils auraient pu s'enfuir, cela ne les effleura jamais. Où seraient-ils allés? Bashanti devenait belle; la crasse en moins, elle ressemblait à Laklali, sa mère-sœur dont Absalon seul gardait le souvenir. Lui, il se découvrait laid, sans étonnement. N'était-ce pas ce que le ventre de sa naissance lui avait toujours crié? Son dos ne se redressait pas.

— Absalon, tiens-toi droit. On croira que je bastonne mes gens.

— Je n'ai pas assez de peau sur le dos pour me tenir droit, quindécimvir.

Ce défaut mis à part, le quindécimvir ne regrettait pas son achat. Les deux enfants donnaient un sang parfait et, devenus adultes, il les garderait à son service, au moins le garçon, qui se plaisait aux cuisines et que la cuisinière louait sans réserve.

— Il est gentil, Absalon, et puis il a un vrai talent pour la nourriture. Il est maigre comme un clou, il fait le manger sans y toucher.

Elle lui prenait la figure dans ses mains grasses et disait :

— En plus, il n'a pas la marque de l'ange.

Elle se tournait vers toute la tablée et expliquait à la ronde :

— Quand nous naissons, un ange vient poser son doigt sur nos lèvres, pour les fermer à jamais sur le secret du ventre qui nous délivre. Plus la marque est profonde, plus nous avons oublié les entrailles qui nous ont fait, et mieux nous pouvons livrer le fond de notre cœur. C'est le chemin qui mène de la pensée à la parole, un beau sillon rend l'expression facile et coulante.

— Et lui ? C'est pour ça qu'il trébuche et répète tout ? Parce que son sillon est effacé ?

Absalon avait trop de mémoire pour bien parler et pas assez de peau sur le dos, mais aussi une tête qui lui servait beaucoup. Il approchait l'âge d'homme et il lui semblait bien qu'il était sur le point de perdre son statut de réserve de sang. Pour un garçon, l'âge adulte est une frontière imprécise, une ligne arbitraire tracée sur une carte et maintes fois franchie dans les deux sens. Une fille mûrissait différemment, franchissait d'un coup une rivière carmin et tournait le dos irrémédiablement à sa première rive. Le jour où Bashanti serait nubile, serait-elle vendue ? Et lui ? Bashanti n'aimait pas servir, évidemment, et elle n'avait aucune aptitude à dissimuler ce dégoût. Forte, vive et charmeuse, faite pour la douceur et la vie facile, dans la maison Marais elle occupait une position privilégiée qu'elle était destinée à perdre.

Un matin, lui seul fut réveillé pour la ponction sanguine. Le secrétaire se retira sans un mot. Le réflexe d'Absalon fut de dénuder les cuisses de sa sœur ; elles étaient neigeuses et lisses, sans hémorragie. La naissance du tronc s'ornait déjà d'une toison. Loin de vouloir se dissimuler, elle sourit dans son sommeil ; Absalon inspira fugacement l'odeur d'une terre chaude qu'il avait oubliée, et en se réveillant de cet oubli, il eut un sanglot sec qu'il prit pour un hoquet de peur. La bête criait, c'était son heure.

Il s'élança dans l'escalier en spirale, jusqu'au premier étage où tout dormait, c'était le niveau des secrétaires, puis jusqu'au deuxième, où il se dissimula de justesse au quindécimvir lui-même, puis jusqu'au troisième où il n'avait jamais mis les pieds, et au quatrième, où la rampe était surmontée d'un grillage, toujours plus haut, toujours vers le cri de la bête, pour qu'au moins cela cesse, rien que cela : le cri de sa peur qu'on lui volait. S'il ne pouvait le pousser lui-même, rien ni personne n'en avait le droit, et cette bête il la tuerait.

Le cri se répercutait dans la pierre et Absalon enfonça deux portes avant de le trouver, de l'entendre dans toute sa vigueur, de voir le faucon, le coyote, le coyote-faucon, le faucon-coyote, l'animal.

Bien sûr, c'était un homme. Le cri stoppa net. Absalon aurait voulu crier, mais trop d'obéissance et de survie avaient laissé leur marque. Ils s'affrontèrent en silence. Absalon constata que Bashanti et lui avaient autant raison l'un que l'autre : cet être avait des yeux de faucon et une gueule de coyote. Nulle peur ne se lisait sur ce visage, mais nul sentiment humain non plus. Dans ses guenilles pisseuses, il portait beau et toisait Absalon de toute sa hauteur. « Mon âge, se dit Absalon, pas plus, peut-être moins. » S'il avait eu une bouche humaine, on aurait pu croire qu'il souriait, mais voilà, son nez se prolongeait en un trou qui laissait voir tout un pan de gencive, ourlé par ailleurs d'une bouche normale aux dents saines. En somme, il lui manquait un carré de chair dans le visage. Il pouvait se fouiller les narines avec la langue, qu'il avait très longue, activité à laquelle il se livrait maintenant sans vergogne, à grand renfort de bave. Ayant crachoté tout le mucus résultant de l'opération, il jeta ses yeux perçants sur Absalon qui ne bronchait pas. Ses mains tressautèrent puis se mirent à décrire autour de lui un mouvement dont il semblait le centre, mais pas le maître, comme une planète entourée de satellites fous. Absalon saisit une main, la gauche, et la droite se détendit immédiatement. Il prit ces deux mains et les posa sur sa poitrine.

— Absalon, dit-il d'un ton que jusqu'ici il n'avait donné qu'à Bashanti.

— Ab...salooooon, répondit Mufle Troué avec une voix râpeuse, en sablant le B, trop difficile pour des lèvres déficientes.

Et lentement, Absalon ramena leurs quatre mains jointes sur la poitrine du monstre. Celui-ci dut comprendre car une lueur affolée passa dans son regard, mais Absalon sentait que tant qu'il tenait ces deux pattes démentes, il tenait la bête en entier. L'autre se passait frénétiquement la langue sur les yeux, ce qui était peut-être sa façon de pleurer. Puis n'y tenant plus, il ravala langue et morve :

— Laaaarkk.

— Lark?

— Lark.

Et il s'évanouit.

— Absalon Peck, je pourrais te vendre, je pourrais te tuer de mes mains, ou demander qu'on le fasse, je pourrais t'arracher les tripes, ou vendre ta sœur à un bordel ambulant, je pourrais faire tout cela, et certes je l'aurais fait si je n'avais pas entendu mon fils dire son nom pour la première fois. Désormais, tu lui tiendras les mains tous les jours.

Absalon était prosterné face contre terre. Quand il releva la tête, il était toujours là, dans l'encadrement de la porte, à poser sur toute la scène un regard sans douceur, le puissant quindécimvir Marais, l'homme aux livres.

— Relève-toi.

Marais prit Absalon par le coude et le mena sans un mot dans une autre pièce sans fenêtre, où il y avait une trappe au plancher, qu'il ouvrit.

— Le grand escalier, tu n'y passeras plus jamais. Jamais, c'est bien clair?

Absalon hocha la tête.

— Tu commenceras ton service comme d'habitude, puis je t'enverrai dans la cité. Tu sortiras par la grande porte et tu repasseras par les resserres; tu monteras par le chemin que tu prends maintenant pour descendre et tu viendras me retrouver. Tu comprends?

— Oui, maître.

— Va, descends.

Et la trappe se referma sur Absalon. Tout était si noir qu'il ferma les yeux pour mieux se servir de ses mains. Il était sur une échelle large comme les épaules d'un homme, faite d'un bois solide et sec qui laissait des échardes sous la peau. Un échelon après l'autre, il descendait, les jambes flageolantes, attendant le sol qui ne venait pas. Un clou lui entailla le poignet, il eut un sursaut et perdit l'équilibre, pour se retrouver contre la paroi du passage et réaliser son étroitesse. On pouvait y tomber tête première et en plongeant, mais pas autrement. Absalon respira, cessa de descendre, se cala dos au mur, les pieds sur un échelon, plia les jambes, et les genoux sous le menton, ouvrit les yeux et les maintint ouverts. En vain. Tout demeura noir. Il sentait toujours une pression sur son coude, l'empreinte de la main du quindécimvir, qui criait là mieux qu'une voix n'aurait su le faire. Il entendait encore la voix sourde de Marais et comprit que dans toute sa colère, *le maître n'avait pas osé crier*. Il lui vint à l'esprit que c'était aussi la deuxième fois qu'il était touché par le quindécimvir et la première fois qu'il lui donnait son nom entier, Absalon Peck. Il enfouit son visage dans ses mains, un remugle fauve le fit frémir: l'odeur de la bête, imprégnée. Le noir demeurait étanche, sans un rai de lumière. Absalon passa les mains sur la paroi : des pierres maçonnées, comme toute la maison. Un ruban de mousse humide où il posa la joue lui rappela les cris que Laklali avait poussés à sa naissance, les dernières injures qu'il avait nettement entendues. Avec un petit effort, il aurait pu se les traduire à lui-même, mais vraiment, il n'en avait pas envie. « J'ai dû descendre en elle par les pieds », se dit-il sans comprendre pourquoi.

Il parvint à un plancher qui sonnait creux, tira sur un anneau de fer et se retrouva dans la grange des communs, l'endroit le moins fréquenté de la maison, où le quindécimvir, parce qu'il en avait les moyens, gardait trois poules et une chèvre. Entre le moment où il avait gravi le grand escalier et celui où il réapparut aux cuisines, un avant-midi entier s'était écoulé.

Tous les matins, il reprit ce chemin, en montant et en descendant, pour tenir les mains folles de Lark Marais. L'escalier des maîtres, il l'avait franchi une fois et pour toujours.

— Bien sûr, le maître a un fils, tout le monde sait ça. Qu'est-ce tu crois ? Qu'il le cache ? Il n'est pas montrable, c'est différent. Lésine pas sur la farine.

La cuisinière pétrissait du pain. Les riches en mangeaient du vrai, au blé, mais il fallait le faire sur place.

— Tu y mets un poing, puis l'autre, tu replies et tu recommences, tu vois ?

— Et les cris, c'est lui ?

— Moi, je dors. Je me réveille toujours passé l'heure bleue. Mais oui, j'imagine qu'il doit crier, le pauvre monstre. Ici, tu vois, on n'en parle jamais. Il est né comme ça. Je sais, je venais d'être engagée. Madame Marais ne s'en est jamais remise, elle est partie, va savoir où, elle l'avait trop en horreur. J'ai idée que ça devait blesser l'œil. Le comble, c'est que bien sûr elle avait eu tout le bataclan des riches, les sondes qui vont jusqu'au tréfonds du ventre voir si l'enfant a les yeux bleus, bruns, ou rouges, s'il ne lui manque pas un morceau ou s'il n'en a pas de trop, s'ils ne sont pas deux, ou trois, ou quatre, plutôt qu'un seul, s'il sera intelligent comme un puissant, brillant comme un riche, ou rusé comme un pauvre, elle avait eu tout ça, et personne n'a vu la tare, nulle part! Une tare non répertoriée, ça s'appelle. La pâte, tu en prends un petit morceau et tu goûtes. Tu sens les bulles sous la langue? Ça va, tu la places dans les grandes jattes et tu couvres.

— Et il le garde depuis tout ce temps?

— Quoi donc? Ah oui! Mais non, il n'en voulait pas, tu penses! Il a fait comme les pauvres, il est allé l'abandonner sur les collines hors de la cité, son chiard, une grande semaine, comme tout un chacun y a droit, en comptant qu'il en crèverait, c'est comme ça qu'on fait avec les ratages à Médilhault, la loi l'autorise. Mais là...

Elle baissa la voix, alors qu'ils étaient pourtant bien seuls.

— Là, il est revenu une semaine après avec son têtard sous le bras, bien vivant, braillard et gigotant. Quelquefois, il y a des bêtes qui les nourrissent, c'est ce qu'on dit, mais moi, je sais bien, va, que c'est des nomades qui s'en chargent. Quand ils voient un enfançon bien laid, exposé à la mort, ils le nourrissent, rien que pour mal faire, pour obliger les citadins à les garder vivants, leurs monstres, et le quindécimvir, il a été obligé de se plier à la loi. Et sa femme est partie. Et les nourrices se sont succédé, un vrai défilé; finalement il en est resté une, elle était aveugle, elle est riche aujourd'hui.

Elle chauffait le four et son visage ruisselait.

— Alors un conseil, Absalon, n'en parle jamais. Et ne dis pas que c'est moi qui t'ai raconté, hein? Ça donne à penser, tu ne trouves pas?

Absalon ne répondit pas, déjà occupé à penser, et pas qu'au monstre, à lui et surtout à Bashanti. Si le maître se servait de lui pour calmer son monstre, cela se monnayait-il, s'échangeait-il? Pouvait-il demander sa liberté, ou la tutelle complète de sa sœur? Ou au contraire, ce don inopiné, à condition qu'il se confirme, ne serait-il pas une raison de le garder captif pour toujours?

En tout cas, le don, il le possédait; la seconde séance, dès le lendemain, lui en apporta l'assurance définitive.

Lark avait un visage rond d'enfant, mais des mains de centenaire, osseuses et décalcifiées. Quelquefois, quand elles s'agitaient, il se frappait lui-même en pleine figure et semblait toujours attendre les excuses d'un autre. On pouvait le cueillir au plus fort de la crise, et alors Absalon sentait les mains noueuses se détendre et se réchauffer dans les siennes. Le pouls redevenait perceptible au toucher et la leçon commençait, sous la férule du quindécimvir.

— Récite-lui l'alphabet, Absalon.

Absalon récitait et la voix chuintante de Lark résonnait sous les combles, dans une pièce unique et immense où des rayonnages dessinaient des pans de murs entiers, tout en livres. Il n'y avait ni fenêtres ni porte, rien que la trappe qui menait au passage vers le rez-de-chaussée. Il fallut à Lark de longues séances pour ânonner l'alphabet en entier. Le quindécimvir retenait une joie hagarde. Au bout d'une demi-heure, le grand monstre tombait dans les bras du petit Peck, terrassé par l'effort. Absalon prit rapidement l'habitude de le bercer, pour l'endormir d'un sommeil léger où les mains folles trouvaient la paix.

Dans la moiteur étouffante du lieu, le quindécimvir ne portait plus son ample vêtement bleu, seulement les habits d'un homme ordinaire. D'abord, il attendit sans un mot, puis un jour il parla. À voix basse.

— Mes ancêtres ont été des héros pendant le cataclysme, ils sont restés à la surface, alors qu'ils avaient un lieu bien à eux pour s'abriter des radiations. Ils ont aidé ceux qui n'avaient rien. Grande action, vraiment, qui leur a valu de grands honneurs et l'aisance où tu me vois. Mais d'une génération à l'autre, il y a toujours un monstre chez les Marais. La plupart ont été avortés, quelques-uns ont été exposés à la mort, et mon fils à moi m'est resté. J'aurais dû lui mettre une pierre au cou comme celle que tu portes et le noyer comme la salamandre qu'il est, avec sa langue démesurée, mais je n'ai pas osé. Et encore aujourd'hui, je n'ose pas. Toi, petit Peck, tu n'es pas de la fibre des héros. Je suis sûr que tes ancêtres se sont terrés sans scrupules et sans dégoût, dans le premier trou à rats venu, en entassant des mourants au-dessus d'eux, comme bouclier. Suis cet exemple. L'héroïsme est une idiotie, une monstruosité inventée pour punir ceux qui ont quelque chose à perdre. Vois le vrai visage de l'héroïsme !

Il montrait du doigt la figure de Lark, luisante de bave, avec son trou béant. Sans une larme ni un soupir, rien d'autre que la rage, et Absalon baissa prudemment les yeux. La vue du monstre lui convenait mieux. « Étrange petit », se disait le quindécimvir en regardant la pietà dérisoire qu'il formait avec son fils endormi. « Je les ai bus pendant des années, sa sœur et lui, et on commence à dire que le sang d'enfant n'empêche en rien le grand âge. Je ne serai pas éternel. Je laisserai mon fils derrière moi, mais quel fils ! Et dans quel état me survivra-t-il ? Tout le savoir que j'ai ne servira à personne. »

— Dis-moi Absalon, que sais-tu ?

* * *

Les courses qu'Absalon faisait en ville pour le quindécimvir devinrent quotidiennes et lui prenaient souvent la journée. Bashanti fut pubère et de plus en plus rétive aux humbles travaux des communs. Où tout cela les mènerait-il ? Réveillé par l'envie de lire au milieu de la nuit, Absalon laissait ses pupilles se dilater dans un noir d'encre et réfléchissait. Un silence inusité régnait ; à bout de bras, il ne rencontra que du vide, se leva : Bashanti n'était pas là.

Se serait-elle échappée sans le lui dire ? Il ne pouvait pas le croire. Dans la cour intérieure, il n'y avait pas âme qui vive, rien que la clarté rousse d'une lune trop pleine pour être honnête. Le silence s'expliquait par le couvre-feu, mais Absalon n'y trouva rien de rassurant. Les portes de la maison Marais étaient toujours closes pour la nuit, il n'était pas question de sortir. Il choisit de monter au dernier étage de la galerie, où il aurait au moins un observatoire. Fidèle aux ordres de Marais, il ne prit pas l'escalier, mais la trappe.

Elle s'ouvrit sans effort. Absalon s'engagea dans le passage, échelon par échelon, indifférent à la poussière qui lui piquait les yeux, à la rareté de l'air. Et là, soudain, il fut saisi par elle. D'abord presque imperceptible, en cinq ou six échelons, elle devint nettement présente, sidérante pour Absalon qui n'en crut pas ses oreilles : la voix de Laklali, toujours pareille, qui n'exprimait que douleur, peur, révolte et haine. Pas des cris, non, plutôt une longue plainte modulée, contenue puis abandonnée, puis ressaisie. Et par-dessus cette voix, au moment où Absalon allait rebrousser chemin, arriva le chant du monstre, qui résonna contre les parois du passage. Il comprit alors que cette voix n'était pas dans sa tête, mais au-dessus, et il monta. Il poussa la seconde trappe et ce qu'il vit, il le savait déjà; il n'eut aucune surprise, car sa douleur prenait toute la place.

Il voyait une bête à deux dos, un monstre qui le regardait avec les yeux de Bashanti en même temps qu'il ahanait avec la gueule décidément toujours baveuse de Lark Marais. Bashanti posa sa main sur les yeux de Lark, un réflexe absurde qui acheva Absalon. Il sentit qu'il perdait pied et le passage s'ouvrit sous lui.

Puis, il s'aperçut qu'il pendait par un pan de veste à un échelon.

De sa stalle sombre des communs, il vit arriver Bashanti, qui était passée par l'escalier des maîtres. Elle marchait péniblement, en serrant une main sur sa vulve. Elle tomba sur les genoux, à bout de force.

— De l'eau, de l'eau...

Elle prit la louche qu'Absalon portait à sa bouche pour s'en asperger le sexe. Puis elle but. Quand elle parla, elle avait retrouvée sa voix de tous les jours.

— Moi aussi, je suis allée voir le monstre, et moi aussi je possède le don de l'apaiser.

Elle avait enjambé son frère pour le tenir de sexe à sexe et le dominait comme une colonne du temple. Absalon ouvrit la bouche malgré lui, en laissant fuser un long soupir saccadé. Le souvenir d'une souffrance ancienne le traversa, et avec une surprise infinie, il constata que toute douleur s'en était enfuie à jamais.

— Je préférerais que ce soit toi, je préférerais qu'il soit de toi. Je le donnerai au maître en échange de ma liberté et comme il restera avec toi, je préférerais qu'il soit de notre sang.

« Notre sang. » Combien de fois l'inceste peut-il se répéter dans une famille ? Quel monstre ne pourraient-ils pas engendrer ? Absalon s'efforça de ne rien sentir. Puis le visage de Lark lui apparut et il consentit à tout. À l'inceste, à la naissance d'un autre Peck et à la liberté de sa sœur, à la course des semences dans le ventre de Bashanti : la race des Marais contre le sang des Peck, les paris étaient ouverts pour lui seul.

Au plus fort de la mêlée, les silex qu'ils portaient au cou s'entrechoquèrent, et chacun put voir, le temps d'une étincelle, un morceau du visage de l'autre. Absalon vit une bouche aux lèvres rouges et Bashanti, une veine du front qui ondoyait sous la peau.

Et de cette lueur jaillit Rhéa Peck.

* * *

Ou du moins, c'est ce que je veux croire.

* * *

Telle était la loi de Médilhault : une femme esclave pouvait s'affranchir en laissant un enfant bien conformé à sa place. Bashanti laissa sa fille aux communs et son silex à Absalon. On ne la revit jamais.

Bien conformée, l'enfant l'était. Absalon observa longtemps son visage, dès le premier jour. La marque de l'ange s'y étalait, fraîche et ineffaçable. Elle avait les yeux de sa mère et promettait d'être brune de cheveux et de teint, comme les Peck, mais par ailleurs les Marais avaient une ascendance afro-américaine et donc étaient bruns aussi.

Lark, à la connaissance d'Absalon, n'eut jamais conscience d'avoir engendré, ni même d'avoir franchi quoi que ce soit.

Sa main posée sur celle d'Absalon, il peinait sur l'écriture. Seul, il ne pouvait rien, et à part quelques phrases inarticulées, n'avait rien retenu. Absalon voyait venir le jour où son empire sur le monstre perdrait tout son sens. En attendant, il apprenait à sa place. L'écriture lui laissait toujours le bout des doigts secs, comme frottés d'une terre invisible, et il préféra toujours le cahier au tableau noir que Marais avait monté lui-même dans la bibliothèque.

— Je préfère écrire au-dessus que face à face, maître.

« La courbure de son dos, peut-être », pensait le quindécimvir.

— Absalon, depuis combien de temps es-tu avec moi ?

« Avec moi », et non « À moi », nuance qu'un esclave pouvait apprécier. Le quindécimvir Marais était un homme peu aimé de son entourage, parce qu'il ne se souciait pas de l'être. Absalon l'aimait précisément pour cela.

— Depuis l'année de la dernière neige, maître.

— Si longtemps ?

Lark dormait. De temps en temps, des soubresauts le traversaient, indicateurs de cauchemars que le monstre conjurait lui-même en se passant la langue sur les yeux, ce qui semblait l'apaiser. Au prix d'un effort réel, Absalon parvenait sans dégoût à tenir dans ses bras la grande carcasse molle qui respirait le sommeil de l'innocence.

— Tu vois ces livres depuis des années, tu dois bien te douter qu'ils sont d'une autre époque, n'est-ce pas ? Bientôt, le savoir sera accessible par les écrans, et chaque caste possédera sa version de chaque œuvre, avec sa clé d'accès aux terminaux des écrans axiaux. Il ne sert à rien qu'un petit artisan lise le même *Germinal* que moi, le même *Capital*, le même *Kamouraska*. La littérature peut être utile à tous, mais encore faut-il que ce soit avec discernement. Les livres iront dans des voutes secrètes. Déjà, on les appelle les livres sibyllins, ce n'est pas pour rien, leur contenu doit être décodé et simplifié. J'aurai passé ma vie à cela, sauver la littérature, la protéger contre elle-même. Toi, tu es trop jeune, moi-même je n'ai connu les grandes révoltes que par ouï-dire, mais nous ne pouvons pas nous permettre de revenir au laisser-aller de l'autre siècle.

Absalon opinait, en attendant de comprendre.

— Mais ces livres, ils sont à moi, ils ont été dans ma famille depuis plus d'un siècle. Vois celui-ci, il a traversé l'océan.

Absalon eut le temps d'un regard : « Un coup de dés jamais n'abolira... » Marais referma le livre d'un claquement sec.

— Il y a des hasards que je ne peux me résoudre à abolir. Tu ne peux pas comprendre, Absalon, mais si j'apprenais que ces livres sont toujours vivants, quelque part, cachés, je mourrais mieux. Personne ne me succédera pour les protéger, si on les trouve après ma mort, ils seront détruits. Je doute qu'on puisse déménager la bibliothèque en entier, mais à la faveur de la nuit, si mes livres les plus précieux prenaient le chemin d'un endroit sûr, j'en aurais beaucoup de reconnaissance à leur convoyeur.

Il passa par la trappe, sans attendre de réponse et en laissant les clés de sa maison derrière lui.

Absalon connaissait déjà un endroit sûr, ailleurs dans la ville. Le reste était affaire de temps, il fit vite, et s'en félicita le jour où un agent des décemvirs s'annonça. Les quindécimvirs étaient au nombre de quinze, comme leur nom l'indiquait, et gardaient les livres; les décemvirs étaient dix et administraient la loi. Leurs agents étaient innombrables, imprévisibles et craints.

L'agent que Marais reçut portait des gants aux mains, mais pas dans ses manières.

— Voici ton dossier, quindécimvir. Je te préviens que cette lecture ne te donnera aucune joie. Contre cent mille dollars, je consens à revenir demain matin.

À la première page, une phrase dansa sous les yeux de Marais : « Conservation d'un savoir prohibé dans le but d'en faire le trafic. » Il lança quatre liasses aux pieds de l'agent.

— C'est égal, quand on me fait pencher pour ramasser, je reviens à l'aube. Sache-le.

Une nuit. Absalon vida tout ce qui restait des livres en une nuit, sans se donner le temps de penser, priant pour que les pleurs du monstre ne se transforment pas en cris. Lark Marais s'agitait comme une cargaison d'animaux en plein naufrage et quand les combles furent vidés, il n'était nulle part et partout, car ses cris se répercutaient dans les murs de pierre. Pour éviter l'alerte, il aurait fallu l'assommer, mais Absalon n'était pas de taille.

À l'heure bleue, Marais se retrouva seul, face à la trappe béante qui avait mené aux livres et qui le mènerait ailleurs. Suivant le conseil d'Absalon, il aspira un coup et plongea tête première.

Son sang s'égouttait de la trappe des communs quand Absalon frappa ses deux silex dans les pages ouvertes d'un livre. Il partit sans se retourner, Rhéa sous le bras. Il souhaita que Lark s'étouffe avec sa langue de salamandre avant que le feu monte jusqu'à lui. Ce fut la seule seconde d'humanité que la terreur de la fuite ne lui vola pas.

Il courut aussi longtemps que ses jambes purent le porter, le cœur battant, l'esprit en éveil, sauvé du pire, bon pour la peur ordinaire.

* * *

Je ne le savais pas encore, mais c'est le sentiment qu'on éprouve en marchant dans la ville où on va passer sa vie.

* * *

Il ne pouvait plus courir, ses vieilles jambes ne le portaient plus. Il tomba à genoux sur le ciment d'un cachot. Une goulée d'air lui laissa le souffle court. Il mourrait enfermé, mais probablement bientôt. Il s'était battu contre lui-même pour rester conscient, pour ne rien laisser échapper, et n'avait rien révélé. À présent, ce n'était plus une urgence de savoir, mais un jeu dont il était la chose, entre des mains sans impatience.

L'important était de ne pas penser, ni aux livres massacrés, il en existait d'autres, mieux cachés, ni à ceux qu'on avait arrêtés avec lui, ni à Rhéa, ni au mari de Rhéa, tués sur-le-champ, ni à la fille de Rhéa, si jeune, mais si elle tenait un peu des Peck, elle traverserait le pire et si elle était de la race des Marais, elle pourrait envisager toutes les horreurs. Il se concentra sur la sensation poisseuse de son visage et parvint à effacer tout souvenir d'amour. Du fond de sa mémoire, la voix du quindécimvir Marais le transperça : « Vois le vrai visage de l'héroïsme ! » Il expulsa un son qui pouvait passer pour un rire. Un piolet d'acier se mit à décrire une orbite cinglante près de sa tête.

— Tu vas connaître ta douleur, mon enfant de chienne.

Et la douleur ne venait pas. Toute une vie à courber l'échine, à faire le dos rond, à attendre en vain jusqu'à la dernière douleur. Absalon Peck décida de hâter les choses. Il se redressa en déroulant le serpent qu'il portait dans le dos et amena un son sifflant à sa bouche.

— Si je suis votre enfant, ce n'est guère flatteur pour la chienne.

Sa tête n'existait déjà plus, ses omoplates volèrent en éclat sous la pression d'un fil de plomb liquide qui le traversa jusqu'aux rotules, où il fut stoppé par le sol.

* * *

Je suis mort, le doigt d'un ange posé à jamais sur ma bouche. Délivré.

Rats

— L'usure des dents est un souci de tous les instants.

— À s'en réveiller la nuit ! Et le jour aussi !

C'était deux rats, un gris et un noir, qui cherchaient un peu de fraîcheur sous les remparts de la cité, en plein soleil de midi. Le noir se rongeait la queue, le gris usait ses dents dans une friction de mâchoires bien cadencée. Le noir échappa un cri, il avait dû toucher un nerf. Il eut une détente et d'un sursaut roula sur le dos, pattes en l'air, ventre pâle, hâletant.

Le gris demeurait calme, car le nerf des dents est bien protégé. Un rongeur bon teint use ses dents comme les humains coupent leurs cheveux, à cause de la repousse. Il se torcha consciencieusement les gencives à coups de langue, crachota, s'éclaircit la gorge.

— Je ne crois pas que nous ayons été présentés : Berg, rattus norvegicus.

— Et moi Scip, rattus rattus.

Les rattus rattus, les noirs convoyeurs de la peste, avaient régné sur le monde avant les norvegicus qui, eux, avaient conquis la terre entière, en nageant dans les égouts, en reniflant tout vingt fois pour débusquer le moindre piège, en mangeant n'importe quoi sans faire de caprices. Les noirs n'aimaient que les hauteurs, la chaleur, étaient plutôt végétariens et trouvaient encore le moyen de s'étonner de leur déclin. Mais à Médilhault, comme ailleurs, ils se repeuplaient. Ils supportaient mieux la chaleur que les gris, auxquels faisaient cruellement défaut des égouts tentaculaires ramifiant tout le sous-sol, portant l'eau à chaque maison. Le beau temps de l'autre siècle était bien fini.

Les rats, noirs ou gris, bataillaient ferme pour leur survie dans les murs de la cité, plus que tout autre animal. Dans la nature, ils étaient perdus et malheureux. Au plus fort de la chaleur, à partir de midi, les rues se vidaient pour quatre heures au moins. Les humains se levaient avant l'aube pour travailler, cessaient vers midi, reprenaient jusqu'au couvre-feu avant de tomber de sommeil. Les rats considéraient ce coup de chaleur comme leur trêve. Ils n'allaient pas jusqu'à se montrer, mais ils en profitaient pour s'aérer, se déplacer, se rencontrer et se livrer au troc

— Vous êtes de Médilhault, Scip?

— Non. J'ai été vidé d'un char du ciel, je viens de l'Ancien Monde.

Pour connaître les chars du ciel, il fallait vivre la nuit autant que le jour, comme les puissants ou les rats.

— Et bien sûr, le bois à ronger vous manque, ici.

— Ne croyez pas ça, nous aussi nous avons décimé les forêts. Mais où sont vos détritus, y a-t-il des os, des racines? Comment vivez-vous?

— Avec beaucoup de ruse et un peu de chance. Les ruines des égouts souterrains sont notre meilleure cache. Vous devriez apprendre à nager, prendre l'habitude de frotter vos dents. Mangez les moignons de vieille cire et les bouchons de liège, c'est délicieux.

— Ridicule!

— Adieu.

— Attendez !

Berg n'était pas parti, il croyait avoir donné son congé à Scip. L'autre ne bougeait pas d'une patte, imbu de lui-même ou peut-être tout simplement peureux. Il se mit à raconter ses malheurs. « Je veux bien lui servir de guide, pensait Berg, mais s'il se vante de ses glorieux ancêtres qui ont porté la peste sur la moitié du monde, je l'envoie tout droit sous la semelle d'un garde. »

— ... du char du ciel, je me suis faufilé alors dans un convoi de bagages qui rejoignait la cité, depuis j'essaie de comprendre ce qui m'arrive...

Et il essayait de comprendre en parlant, de peur que son silence soit un consentement. Le norvegicus patientait, sachant déjà que tout ce qui se déverse finit goutte à goutte.

— Mais enfin dans cette cité, puisqu'il y a des humains, il doit forcément y avoir des ordures ?

Scip attendait la réponse et Berg découvrait que le silence de l'Ancien Monde est une chose qu'il faut savoir apprécier. Il prit son temps pour répondre.

— Pas beaucoup. Tout est recyclé. Les gens sont avares, ici. Il y avait bien les fosses communes, mais maintenant, les cadavres sont recyclés aussi.

— À quoi ?

— Aucune idée. À l'époque des grandes purges, même les rats ont failli y rester, alors maintenant nous nous tenons tranquilles.

— Comment, vous aussi ? Parlez-moi de votre guerre.

— C'était au tournant du siècle, je n'y étais pas. Maintenant, il y a quelques cités, des périphéries sous surveillance, des étendues dépeuplées et la nature. La nature est ce que ces gens redoutent par-dessus tout, elle est incontrôlable. Ne croyez pas que le dégoût que vous inspirez vous sauvera de la mort. Ils vous tueront. Ils tuent d'abord les animaux plus gros, plus faciles à voir, ça nous donne une petite longueur d'avance et nous débarrasse de certains prédateurs, mais notre tour arrive, vous verrez.

— Allons donc! Mettons-nous en bande, comme autrefois.

— Dans la nature, il y a des bandes, des animaux et des humains aussi. Si vous voulez mon idée, leur salut sera dans la fuite. Mais qui dit fuite dit nature. Nous les rats, nous sommes citadins dans l'âme.

Scip se releva prestement. Il avait le poil bien gras, le museau mobile et le regard luisant, et Berg en éprouva une envie qu'il n'essaya pas de se cacher. Les rattus rattus avaient la cote, en cette nouvelle ère où les égouts se faisaient rares et la chaleur persistante. S'ils avaient pu s'unir, créer une nouvelle race, omnivore et souterraine comme les norvegicus, grimpante et endurante comme les rattus... Alors ils auraient pu se mettre en bande... Ce n'était pas impossible, d'ailleurs, il suffisait de trouver des rates, des femelles jeunes, capables de mettre bas six ou sept fois dans l'année, comme à la belle époque. Berg réfléchissait, Scip parlait.

— Vous devez bien connaître des riches. Là où il y a des riches, il y a moyen de vivre à leurs dépens.

— Ici, les riches ont tué les pauvres. Bien sûr c'est moins original que chez vous, où il y a un foisonnement de cultures, donc toutes sortes de raisons pour massacrer. Ici, à part quelques vétilles, il n'y a eu que le manque d'argent pour faire bouger les gens.

— Mais chez nous aussi, qu'est-ce que vous croyez? L'argent est la racine de tous les maux.

Tombés d'accord sur l'essentiel, ils ne trouvèrent plus rien à se dire. « Quel Nouveau Monde ! pensait Scip, j'espère qu'ils ne sont pas tous comme celui-là. » Le soleil baissait à l'horizon, la rumeur de la ville reprenait, les murs avaient la teinte ocrée du crépuscule, un filet d'eau claire sourdait d'une fissure dans la pierre, que Berg aspira. Scip voulut se frotter les dents et se pinça la langue par maladresse. Le norvegicus en eut pitié, et réalisa qu'il est agréable d'avoir pitié d'un mieux nanti que soi.

— Il y a une chose à Médilhault, tout de même, et je crois qu'elle vaut la peine d'être vue.

— Qu'est-ce ?

— La Mort.

— La mort est partout, je regrette d'avoir à vous l'apprendre.

— Je sais bien ! Mais à Médilhault, elle a trouvé une job.

— On dit « un job ».

— Pas chez nous. (Il revint à son idée.) La Mort s'est fait chair.

— Vraiment ? Et on peut la voir ?

— Régulièrement. Elle est messagère du Protecteur, dans la Muraille, avec un numéro de code bien en règle. Moi-même, je l'ai vue plus d'une fois. Elle a des cheveux couleur feu, et des yeux couleur sable, et une peau tachetée comme le sable et le feu mêlés. Je me suis laissé dire que c'était une belle tordieuse.

— Une ?... bon, passons. Et pourquoi s'est-elle faite chair ?

— Elle cherche. Il paraît qu'à Médilhault, il y a un humain qui lui échappe. Une sorte de monstre. Elle est sur un contrat à finir, vous comprenez...

Ils entendirent d'étranges cris aigus, qui pour eux n'étaient que du bruit. Des cris humains, de petits humains. Une horde les frôla, qui courait après une balle, comme ceux de l'Ancien Monde. Ils s'engloutirent dans un trou. « La Mort a trouvé une job, la Mort est sur un contrat, c'est une belle tordieuse qui a son numéro de code », se répéta Scip, pour se rendre compte au même moment qu'il faisait son premier effort d'intégration. Là d'où il venait, on avait un contrat, mais ici, on était sur un contrat. Toute la différence du monde en somme, dans deux mondes si semblables. Il comprit qu'il ne retrouverait jamais son chemin, qu'il mourrait en terre étrangère et en éprouva une grande peine.

Lark (jour)

Il y a une femme, sur le trottoir d'en face. Elle marche vers moi dans une robe claire. La peau de ses pieds est comprimée dans des souliers trop petits et trop hauts, rouges. Elle ne me voit pas et passe. L'air est tramé d'une poussière brûlée, il s'y mélange l'odeur fade de l'herbe coupée et celle, volatile, de l'essence. Je dois d'abord vomir pour m'éclaircir les idées, je me penche sur un caniveau, je ferme les yeux, je me rends à merci, je voudrais crier grâce, mais soudain j'ai la bouche pleine. Puis j'avale une goulée d'air qui me remplit jusqu'au fond des entrailles et je comprends, comme à chaque fois : je suis à Montréal.

Je m'appelle Lark Marais. Je suis né monstre et enfermé en moi-même. L'ange qui présidait à ma naissance a posé sur ma bouche un doigt de feu qui m'a transpercé jusqu'à l'os. J'ai bien perdu tout souvenir du ventre qui m'a fait, mais j'aurais aussi bien pu ne jamais en sortir. Tout m'arrive et glisse sur moi, feu, temps et espace. Moi seul le sais et je sais beaucoup de choses, sans qu'il y paraisse, du fond de moi où je vois le monde.

Ce n'est pas une vie, mais la mort n'a pas voulu me prendre. Déjà, sur les collines de la cité où j'aurais dû crever, elle m'a raté. Il y a des années que je l'appelle et elle me cherche depuis quelque temps déjà. Je le sens.

La maison de mon père a brûlé, encore une chance gaspillée ! Alors que tous fuyaient l'incendie, je m'y suis jeté, respirant la mort à pleins poumons. Je n'ai jamais voulu que brûler, me mettre à sac, rendre la place à l'ennemi pour qu'il laboure mes cendres et y sème du sel. Mais personne ne vient me délivrer. Le feu est comme les autres, je lui répugne. Il a saisi ma carcasse par la peau du cou et m'a jeté dans un trou où tout s'abolit, et je suis à Montréal, et je suis au vingtième siècle. Chez les barbares.

Avec un peu de chance, je trouve un incendie — à Médilhault, c'est une rareté, à Montréal, c'est une habitude — je m'asphyxie et je repasse dans la splendide Médilhault, cité fortifiée où, là comme ailleurs, je suis emmuré dans mon propre corps. De temps en temps, je reçois une secousse, je me détache du sol, une écume lumineuse me monte à la tête, danse devant mes yeux, fond dans ma bouche et je repars. Montréal est mon épilepsie. Alors je vais entre Médilhault et Montréal, entre la fin du siècle des barbares et le début du millénaire de la raison, ainsi que le diraient mon père et ses distingués collègues, les quindécimvirs, les quinze hommes chargés de protéger les livres contre les humains et les humains contre les livres.

Montréal compte des millions d'êtres humains et encore plus d'animaux, et encore plus de livres. Quand on est de Médilhault, il faut le voir pour le croire. Les livres m'ont beaucoup attiré, au début, exposés à tous les vents dans des salles publiques où chacun entre à volonté. J'y ai vu un jour des images de nouveau-nés pareils à moi. Je sais qu'il y a un endroit dans ce siècle où ma douleur existe déjà. Mais

Tchernobyl est dans l'Ancien Monde et je doute que le mal sacré m'y conduise.

En attendant, je vis comme je peux. La plupart des gens ne me voient pas, parce qu'ils ne veulent pas me voir. Les poubelles sont débordantes et très odorantes, il n'y a même pas à chercher et c'est donné. On ne m'a jamais réclamé le prix d'un billet d'autobus et le métro n'a plus de secrets pour moi ; je n'en suis pas peu fier.

J'ai mon petit trafic : je vais dans les pharmacies et vide les comptoirs de préservatifs. Personne n'a jamais fait quoi que ce soit pour m'en empêcher. Quand j'arrive quelque part, les gens regardent ailleurs, autant que ça serve ! Les systèmes d'alarme peuvent hurler au voleur, ce n'est pas mon problème. Je passe les portes superbement, que ceux qui m'aiment me suivent ! Bien entendu, je ne me livre pas à la vente, un fils de quindécimvir doit savoir se maintenir au-dessus de certaines choses, et fils de ma caste, je le suis. Loqueteux, affamé, monstrueux, peut-être, mais je distribue le fruit de mes rapines à tout va, contre le droit d'exister dans les parcs où j'ai mes habitudes.

Quelquefois, rarement, il se trouve des yeux qui s'accrochent aux miens. Un jour, je n'ai pas détalé assez vite pour ne pas entendre : « Quel visage ! Tant d'horreur et des yeux si beaux ! C'est un bec-de-lièvre, ça ? » Non ! Je n'aime pas qu'on vienne me regarder sous le nez, précisément parce qu'il y a quelque chose à voir. J'ai trouvé sous un banc de parc une guenille de velours noir dans laquelle j'ai découpé un petit carré que je colle sur mon trou pour évoluer en société. Ça fait moustache, c'est du meilleur effet. Depuis que je le porte, mes féaux sans-abri m'appellent Chaplin. « Hey ! Chaplin, as-tu des capotes ? » « Hey ! Chaplin, les feux rouges sont pour tout le monde. »

Qui est ce Chaplin? Sûrement quelqu'un de connu dans les alentours.

Je savais à quoi m'en tenir sur le climat de Montréal. Je savais qu'il y avait là une saison d'hiver glaciale, ce que Médilhault a complètement perdu. J'espérais mourir de froid, comme cela arrive régulièrement aux vagabonds : rien du tout. La neige brûle délicieusement mais faiblement. La glace un peu plus, surtout quand on y colle la langue. Un jour, j'ai collé tout mon muffle sur un poteau de métal, par grand froid. J'y ai laissé un peu de peau, sans même un petit évanouissement pour ma peine.

À Médilhault, je ne suis pas le seul monstre, mais je ne connais que moi de vagabond. À Montréal, ils sont des nuées, mais mon physique leur en impose beaucoup. « Hey, man, comment t'as eu ça, c'te trou-là? T'as frenché un doberman? » Pour ma chance, ils parlent assez peu, en général. Imprégnés qu'ils sont de cirage liquéfié et de douleur granitique, au milieu d'eux je passe inaperçu. Que suis-je à côté d'un homme de trente ans, si maigre qu'on le croirait calciné, et qui a arraché lui-même tous ses plombages de platine avec un canif, parce qu'on lui a dit que le cours du platine montait en bourse? Il se promène avec sa fortune dans les poches et son bonheur sur le visage, qu'il explique à ceux qui ont le temps de décoder ses bulles de bave.

Alors moi... pour peu que je me rapièce le trou, et comme mes mains ne s'agitent pas... Car elles ne s'agitent plus, elles ne me font plus mal, ne tressautent plus dans tous les sens. À Montréal, mes mains ont cent ans de moins; elles sont longues, blanches, souples. Quelquefois, je ne peux résister au plaisir de les porter en avant de moi quand je marche, rien que pour les voir à ma merci, aussi inanimées que des cadavres. C'est une chance; j'ai beau tout traverser, je sais bien qu'ici nul n'accepterait que je pose la main sur lui. Il y a des limites à ne pas franchir. Parfois, j'attire des enfants, je ne sais pas pourquoi. Je ne perds pas de temps, je me sauve. Avec les vieux, c'est plus simple, ils me parlent parce qu'en réalité, ils parlent tout seuls. Je les laisse faire.

Hier, c'était une vieille sur un banc : « Te rappelles-tu quand on était jeune, c'était pas un parc ici, c'était un champ, le champ de fraises des confitures Raymond, on allait cueillir des fraises, des framboises, des après-midi entières pour cinq cennes le seau, l'usine était en face, c'était les confitures Raymond. » Elle sourit. « Mais là, c'est un parc, avec de la pisse de chien tout autour. Ça ferait des fraises écœurantes. »

J'ai mes quartiers sur la montagne, car ils ont une montagne ici, selon toute probabilité un ancien volcan, plusieurs fois millénaire : une colline rocheuse et vallonnée pleine de recoins, de voyous, de faisans et de ratons laveurs. La nuit, il s'y produit d'étranges sabbats, il y a des gens qui en meurent, mais ce n'est jamais moi, et pourtant, j'ai essayé. L'atmosphère de jour est plus calme : beaucoup de jeunes et le dimanche, des familles. Il y a des toubabs et des blacks — ils se désignent comme ça — qui viennent rouler leurs mains sèches sur des tam-tam pour faire danser. Il y a des femmes, belles comme des anges, et un ange de bronze, qui leur tourne le dos à tous. C'est la statue de la Victoire, surplombant un homme en posture de combat, un fusil à la main. Plus loin encore, encadrant l'esplanade, il y a quatre lions verts — de bronze, toujours — qui gardent l'orée de la jungle.

Il règne ici un singulier sentiment de liberté qui n'est pas la liberté, un loisir de faire à sa guise qui ne doit servir à rien d'autre que cela, le loisir. Ils sont de plus en plus pauvres, mais ils font ce qu'ils veulent de cette pauvreté. Leurs enfants semblent heureux. Est-ce que ce sont bien leurs descendants qui se soulèveront en une seule vague, tueront et massacreront avant d'être massacrés à leur tour, exaspérés par la quête du bonheur, qu'on avait donnée à leurs ancêtres justement pour qu'ils se tiennent tranquilles?

Je marche souvent autour d'un bassin paysagé qu'ils appellent lac, où ils patinent l'hiver. Les lames des patins ouvrent à l'arme blanche des plaies poudreuses sur la glace vive. Je sais qu'il y a eu un charnier sur cette montagne, avant qu'on la pulvérise jusqu'au ras du sol, des espaces concentrationnaires où les haut-parleurs appelaient à la mort, des champs d'exécution. Les Montréalais dansent le dimanche au pied d'un volcan éteint.

Je voudrais, s'il vous plaît, m'éteindre, comme lui, pour la nuit des temps. On pourra danser sur ma dépouille, remplir le cratère de ma gueule pour en faire un lac, me couvrir d'immondices, me fouler aux sabots de la police à cheval, je ne dirai rien. Ai-je jamais dit quoi que ce soit? Je serai une vieille montagne. Je ne serai nulle part.

Comme ce petit corps de femme gelé que j'ai trouvé, une aube. Elle portait une chemise d'homme tachée, des bas de dentelle noire, un porte-jarretelles et des bracelets de sang écaillé aux poignets, à cause d'une corde trop serrée, probablement. Dix-sept, dix-huit ans, guère plus. Oreilles, yeux, narines, bouche, nombril, vagin, anus, le sang avait débordé par tous les trous de son corps. Elle avait la couleur pervenche du ciel. J'ai cueilli deux de ses incisives, sans effort. Je les garde.

Il fut un temps où, je crois, j'ai essayé de comprendre. Plus maintenant.

Ce que je préfère, c'est dormir dans un arbre, par les soirs d'été, bien à l'abri. Quand le temps est à l'orage, les mouches deviennent folles, elles se réfugient dans les feuillages et je sors ma grande langue de salamandre pour les attraper.

Et puis, les arbres attirent la foudre, alors avec un peu de chance...

Lena

La crête de la Muraille est en fait une large allée plane au pavage rectangulaire, sur laquelle les messagers du Protecteur roulent à bicyclette du matin au soir, avant que le couvre-feu ne change le soir en nuit. Les longs tubes gaziers cessent alors de lancer au ciel leurs flammes pâles aux racines bleuies, d'abord par appel, trois fois, à intervalles d'une minute, puis Médilhault s'éteint. Celui qui reste alors, son vélo sur l'épaule, doit attendre l'aube dans la nuit noire, avant de se rapporter à sa section. Une nuit noire entraîne un mauvais point, trois mauvais points, un blâme, deux blâmes, un renvoi. Mais les renvois sont très rares. On choisit pour l'emploi des jeunes gens rapides, forts et audacieux, qui se surnomment eux-mêmes sassanides, sans qu'aucun d'eux puisse dire pourquoi.

Lena était une sassanide exemplaire, deux années sans aucun mauvais point. Elle commençait la troisième avec la pire des infractions : nuit noire, une distraction de débutante. Elle rangea son vélo contre le rempart, s'assit à tâtons sur le sol. Il ne servait à rien de grimper aux tubes gaziers pour y enflammer un bout de papier ou quoi que ce fût, elle le savait : rien ne brûlait longtemps, à supposer qu'on atteigne d'abord les veilleuses à l'intérieur des tubes sans tomber du haut de la Muraille.

Elle retira son casque, ses genouillères, enserra ses genoux de ses bras. Elle frissonna. Debout en plein vent ou tassée sur la pierre, le résultat était le même. On rapportait des morts par chute au pied des remparts, mais aucun mort de froid. Lena se laissa couler dans le sommeil.

Avant même d'ouvrir les yeux, elle sut qu'il faisait toujours nuit : le froid, toujours, et le silence. Elle s'astreignit à sonder l'obscurité, dans l'espoir d'accrocher une forme, ne fût-ce qu'une masse se détachant du fond, un vague reflet. Rien, une nuit sans lune. Elle se trouvait à une demi-lieue de la porte du Septentrion, donc non loin du fleuve. Un son, peut-être ? Une rumeur infime. Elle ne pouvait plus dormir, réveillée par un rêve qu'elle avait voulu interrompre au point de l'oublier dans l'instant. Elle n'aimait pas son sommeil, elle le savait plein de rêves dont elle ne gardait aucun souvenir. Par contre, elle prenait plaisir à observer celui des autres, ce qui ne lui arrivait pas souvent, les sassanides ayant des chambres individuelles dans la partie de la Muraille réservée au personnel. Les contacts intimes n'étaient pas ouvertement prohibés, mais peu encouragés et donc, peu pratiqués. L'emploi de messager du Protecteur représentait une belle chance d'avancement pour les jeunes de la caste inférieure, ils filaient droit.

Les parents de Lena l'avaient cédée au service du Protecteur sans l'ombre d'une hésitation, alors qu'elle entrait dans sa quatorzième année. Un adolescent doté de longues jambes solides, de bons yeux, mais sachant tout juste lire et compter, comme c'est le cas dans la caste des ouvriers non spécialisés, devenait la providence de ses géniteurs. Un garçon valait mieux, pour la force. Mais les filles démontraient de meilleurs réflexes et une aptitude naturelle à la prudence. La vue demeurait l'élément décisif: on pouvait rarement, la puberté commencée, se passer de lunettes dans cette caste. Carences d'alimentation ou unions pas assez diversifiées, la cause exacte n'était pas cernée et d'ailleurs, une vision déficiente ne déparait pas ces gens-là, c'était même un avantage. Qui leur demandait de voir au loin? Il leur suffisait de se coller le nez sur l'ouvrage à faire. Mais de temps en temps, dans ces couvées hasardeuses, il en sortait un qui à plus de deux toises ne confondait pas sa mère avec la voisine. La famille le signalait d'office au personnel de la Muraille et si la croissance tenait promesse, l'affaire était faite.

Certains sassanides parlaient de leur première nuit noire comme d'un cauchemar; Lena comprenait pourquoi à son tour: la sensation de ne plus voir, garder les yeux ouverts et ne rien distinguer qu'un noir profond. Il y avait de quoi se demander si on avait gardé la vue. Quant à la clarté lunaire... cette nuit-là il ne fallait pas y compter.

Elle ferma les yeux. Le bruit de sa respiration devint très présent. Elle retint son souffle. Il continuait à se faire entendre. Elle ouvrit les yeux et s'efforça de ne pas bouger, tout en cherchant à localiser le souffle étranger. Un point brillant luisait à trois pas d'elle, solitaire et dansant.

— Qui va là?

— Qui êtes-vous?

— Lena numéro quatre, sassanide des archives provisoires. Lenoir, Alma.

— Mort numéro douze, sassanide des approvisionnements. Moreau, Thérèse.

Les sassanides recevaient un code usuel, fait des trois premières lettres de leur nom de famille et de l'initiale de leur prénom. Le numéro servait à éviter les dédoublements.

— Première nuit noire?

— Oui, et toi?

— Moi aussi.

Le point brillant clignotait à intervalles irréguliers.

— Qu'est-ce que c'est que cette petite lumière?

— Je ne vois pas ce que tu veux dire.

Le point s'éteignit.

— N'as-tu pas froid?

— Non. Tu peux te rapprocher.

Mort dégageait une odeur fraîche et piquante.

— Je transportais des épices des cuisines à la salle des fêtes, mais je me suis perdue. Ou j'ai mal évalué mon temps / distance, je ne sais plus...

La Muraille faisait plusieurs lieues, elle ceignait la cité entière.

— Tu es nouvelle.

— Bien sûr! Pour être aux approvisionnements... Et toi, tu es aux archives.

— Provisoires.

— Oui, mais c'est provisoire, justement. Tu passeras aux transitoires, puis aux officielles, puis tu seras sassanide du bureau du Protecteur, puis de son antichambre, puis de ses appartements...

— Si je peux.

— Mais bien sûr, tu pourras! Rien qu'au son de ta voix, on sent les muscles de tes petits mollets. Je m'étonne que tu ne dormes pas avec ton casque.

— Comment sais-tu que je l'ai enlevé?

Mort expira par le nez, deux ou trois fois.

— Ta tête est sur mon épaule.

Lena releva la tête. « Mais qui me dit que c'est une sassanide, cette fille ? »

— Moi, j'ai mon casque, touche, fait à l'instant la voix où crépite à nouveau le point brillant.

Lena sentit la matière moulée et dure d'un casque de sassanide. Elle se tint coite. Le couvre-feu prit toute la place, avec un silence dru. Puis, il y eut un cri, comme un appel, au loin.

— C'est un animal, dit Mort.

— Si près ? dit Lena.

— La nuit, leur voix porte mieux. On dit qu'ils se rapprochent des cités pour ne pas oublier l'odeur des humains, pour le jour où nous les chasserons à nouveau.

— Ce point qui brille quand tu parles, qu'est-ce que c'est ?

Mort expulsa un soupir entre des lèvres molles et son souffle atteignit Lena en plein front.

— J'ai une dent en or, elle en remplace une que j'ai perdue dans une chute que j'ai faite enfant. C'est le cadeau d'un puissant qui aimait beaucoup ma mère, qui était putain. Ça te va ?

— Les putains n'ont pas d'enfants. L'État les stérilise quand leurs parents les vendent à l'âge réglementaire.

— Une femme peut enfanter avant l'âge de quatorze ans, tu sais.

Mort gardait une voix égale qui se mêlait à son odeur d'épice et au point d'or qui dansait quand elle ouvrait la bouche.

— J'ai grandi dans le quartier des bordels, à l'ouest, les bordels des hautes castes. Et toi ?

— Dans le quartier nord, près des fabriques.

— Et tu as de bons yeux ?

— Oui. Une chance.

— Et bien sûr tu es heureuse d'être sassanide?

— Évidemment.

Le point d'or disparut. Lena sentait sa tête s'alourdir, il fallait faire parler Mort.

— Et toi, tu as de bons yeux?

— Oui.

— Tu ne te sens pas aveugle, en ce moment?

Le bruit d'un sourire ramena la petite lueur à sa place.

— Voilà donc ce qui te fait si peur. Non, je ne me sens pas aveugle, puisque je garde les yeux fermés. Ne cherche pas à voir quoi que ce soit maintenant, ce serait comme vouloir marcher sur l'eau.

— Si je ferme les yeux, je peux m'endormir.

— Où est le mal?

— Je ne veux pas rêver.

— Les gens des fabriques n'aiment guère rêver, n'est-ce pas? Et encore moins quand ils ont la chance d'en être sortis. Ce doit être dur toute cette pauvreté, quand on a de bons yeux pour la voir.

Elle avait raison. Lena ne s'en offensait pas, elle était prête à en entendre bien davantage pour ne pas dormir, et Mort semblait lancée.

— Mais elle doit remonter à la surface, quand la nuit tombe? Quand ton service est fini, que ton vélo est bien rangé, que tu regagnes tes quartiers, tu les revois, ceux qui t'ont engendrée? Réponds.

— Oui.

— Tu voudrais frotter leur misère à coups de brosse dans la figure, tu te vois les giflant, les griffant, les rouant de coups, et ils pleurent et c'est trop pour toi. Tu as eu honte pour eux et maintenant tu as honte à cause d'eux.

— Pas du tout. Ils m'ont vendue un très bon prix, j'ai fait leur bonheur.

— Bien sûr, j'oubliais la joie d'avoir un sassanide dans une famille ! Il y a eu plusieurs tentatives, ou tu as été un coup de chance? Tes parents étaient-ils de ceux qui procréent à répétition ? Combien de morveux myopes ont-ils étranglés de leurs mains dans l'espoir de se fabriquer un sassanide et de beaux vieux jours?

— Et quand bien même ? C'est leur droit, ils ne dérangent personne.

— C'est vrai, ils sont dociles, ces gens-là. Ils ne font pas de manières, quand leur ultime seconde arrive, ils baissent la tête et disent merci. La bonne époque que nous vivons, tout de même ! Il y en a eu d'autres...

Elle s'interrompit.

— Ferme les yeux, Lena numéro quatre.

— Ouvre la bouche, Mort.

— Garder la bouche ouverte me donne soif. Qu'as-tu à boire ? Rien ? Alors ferme les yeux.

Mais le point en or ne disparut pas. Mort haleta, la bouche entrouverte. Puis son souffle devint plus sifflant et de plus en plus fort, jusqu'à vriller les tympans. Lena enserra sa tête de ses bras repliés, il lui sembla qu'une pluie de grains de métal se mêlait à ce souffle inhumain, qui s'éloignait comme il était venu, du haut des airs, alors que Mort riait à gorge déployée.

— C'était un char du ciel, idiote.

On disait que le Protecteur et sa suite pouvaient franchir les mers et les terres à bord de ces chars, d'anciennes machines des temps barbares, dont l'embarcadère était loin au nord, au-delà des plaines périphériques. Mais cela demeurait une légende parmi d'autres, on ne les voyait jamais.

D'ailleurs, Lena avait fermé les yeux. Mort n'avait pas bougé, sa dent clignotait, son éclat hachuré par des hoquets de rire. « Quel étrange bruit, pensa Lena, comme le cri d'une bête. » Les pauvres ne riaient pas, ce n'était pas dans leurs habitudes. Les artisans et les marchands riaient silencieusement, sauf aux fêtes du Protecteur, où l'alcool leur dénouait la gorge. Les riches devaient rire entre eux, derrière les murs de leurs hautes maisons. Et les putains?

— Excuse-moi, fit Mort après une longue expiration. Je sais que c'est inconvenant, mais j'ai grandi chez les putains, où j'ai appris à vivre la nuit et à rire, avec plaisir et même sans joie. Ça soulage les entrailles et allège le sommeil. Tu devrais essayer.

— Es-tu folle?

— Je ne dis plus rien.

Et la lueur s'éteignit.

— Dis-moi, c'est avec les putains que tu as appris à lire les pensées?

— C'est-à-dire?

L'odeur de Mort devint plus présente et plus musquée.

— Depuis que nous sommes ensemble, tu réponds à mes pensées comme à mes paroles, sans distinction.

— Tu veux dire que parfois tu penses sans parler? C'est rare chez les sassanides.

Elle parlait lentement avec une petite voix. Lena s'en trouva flattée.

— Moi, je sais quand ta bouche s'ouvre, bien sûr, puisque je t'entends et que je vois ta dent en or.

— Bien sûr, dit Mort. Et toi, tu as les dents noires des pauvres? Sûrement pas, les sassanides sont bien nourris. Tu as des quenottes bien ternes et de bon ivoire. Seulement dans la nuit, ça ne se voit pas, et moi, je n'ai pas fait attention...

Elle demeura silencieuse. Une odeur de sueur flottait. « La sienne ou la mienne ? » se dit Lena. Nulle réponse ne vint.

— Oui, reprit Mort d'une voix mesurée, j'ai appris à lire les pensées avec les putains, qui développent cette aptitude dans leur travail. Peu de gens le savent, je te fais une confidence, Lena. Garde-la pour toi.

Une main moite et potelée se posa sur son visage. Une voix grave qu'elle ne connaissait pas résonna : « Ce n'était pas ton heure, Alma Lenoir. » Elle eut le temps de se dire « Suis-je devenue comme elle, capable d'entendre la pensée ? » Elle sombra dans un sommeil brut avant même de fermer les yeux. Elle rêva qu'elle riait. Et s'empressa d'oublier ce rêve, comme d'habitude.

Une bête criait.

— Un chien sauvage, dit Mort.

En la voyant pour la première fois, Lena s'aperçut que la nuit se couchait devant l'aube. Mort avait de longs cheveux roux vif, torsadés dans une natte sur la nuque, comme pour les assagir. « Des cheveux de putain », se dit Lena, qui n'avait jamais vu de ces gens-là, ni hommes ni femmes.

Mort eut un sourire fugace. Ses yeux, qu'elle avait ouverts, étaient vert pâle, jaunasses. Sa dent en or brillait moins. Elle rajusta son uniforme, ses genouillères, son casque, sauta sur ses pieds, enfourcha son vélo. Il sembla à Lena qu'elle s'enfuyait.

— Mort, te reverrai-je ?

— Bien sûr, Lena numéro quatre. Crois-moi, nous nous reverrons. À ton heure.

Et elle partit sur son vélo, en pédalant si bien qu'elle disparut rapidement. Lena avait les côtes douloureuses, elle l'attribua à sa nuit agitée. Elle ne sut jamais que c'était d'avoir trop ri.

Phar

Pouces joints sur la pile de dollars, madame Phar les comptait un à un, en croisant dans un mouvement d'alternance ses index musclés comme des pattes de mygale. Nuit de pleine lune, nuit payante pour une maison de putains, à plus forte raison dans les beaux quartiers. Elle n'aimait pas le terme maîtresse de bordel, qui vraiment sent la peluche rouge et la dépression nerveuse. Elle veillait à la sélection des putains, les formait et *supervisait*, fonctionnaire avec retraite et avantages assurés par la cité-État de Médilhault. Elle préférait secrètement ses fonctions de pédagogue, mais la vie lui avait appris à taire ses bonheurs.

Le métier de putain de luxe donnait droit en plus à des étoffes véritables pour se vêtir, des vins fins, du vrai café, l'eau courante dans les chambres des clients. On trouvait une fontaine dans la cour intérieure, construite sur une source tout exprès détectée pour la maison. L'usage de la drogue était en principe défendu aux employés, son accoutumance entraînant le renvoi définitif, mais nul ne pouvait empêcher un client d'en apporter. Cela aurait dû suffire, dans l'esprit de madame Phar, à décourager même les plus aventureux de ses pensionnaires; mais non, parfois cette matière maudite transperçait un homme ou une femme jusqu'au cœur et ils ne pouvaient plus s'en passer. Ils crevaient rapidement, de maladie ou de mort violente. À la maison Phar, on était clair sur ce point, et malgré tout, de temps à autre... des années de soin, d'entretien, d'apprentissage gaspillés.

Madame Phar se massa le front, elle était à l'âge où les méchantes pensées commencent à laisser leur marque sur la figure. Dans sa chambre, tendue d'étoffe corail, le jour naissant prenait la couleur du sommeil mérité et le silence des combats éteints. Elle était la dernière à se coucher et serait la première à se lever, comme une mère ancienne... « Mère de putains », dit-elle à haute voix. Non, ça n'allait pas. Une nuit, elle devrait demander à un lettré de nommer sa fonction. Mais les lettrés qui la visitaient, comme les autres, n'avaient guère la tête à nommer les choses chez elle.

Elle possédait un grand miroir d'une eau très pure, un instrument de travail qu'elle avait pu garder pour son usage personnel. Il lui servait au dernier inventaire de la nuit, son visage : rond, lisse, crémeux et dur. À l'époque de son service actif, on l'avait surnommée Margarita, la perle.

Dans l'espace encaissé de la cour intérieure, le silence limpide faisait un sort au moindre son : par-dessus le clapotis de la fontaine, un pas claquait légèrement sur les pavés. Madame Phar le reconnut tout de suite, car ces pieds-là lui martèleraient le ventre à jamais. C'était sa fille. Elle poussa le verrou, sauta dans son lit, serra les dents et tenta d'oublier ses entrailles, où une douleur la lancinait à la cadence du pas qui se rapprochait.

— Mère Phar, comme vous avez de grands yeux, ouvrez-les donc.

Elle était au pied du lit, bras croisés, un sourire moqueur sur tout le visage. La porte béait sur le corridor, son verrou intact. Rien de secret ne lui résistait, ni une porte verrouillée ni le fond d'une pensée. « Tout ça, c'est la faute à cette maison, j'aurais dû la mettre à l'orphelinat, aujourd'hui elle serait moins dégourdie et j'aurais la paix », se dit madame Phar.

— Ne sais-tu donc pas que cette heure du jour est la meilleure pour parler sans détour, mère ?

— J'aime les détours, j'aime la nuit et je n'aime pas converser.

Madame Phar s'assit dans son lit, avec résignation. Sa fille était à la coiffeuse et se fardait les lèvres. La mère s'abstint de tout commentaire, mais son sens esthétique hurlait, quelque part derrière ses yeux. Elles n'avaient pas le même physique, sa fille et elle, et les rouges froids qui l'avantageaient ne pouvaient qu'enlaidir une rousse. Se pouvait-il que celle-là soit sortie d'elle sans rien lui prendre de ses attributs ? Oui, cela se pouvait, son ventre en alerte le lui prouvait mieux que n'importe quel ressemblance.

— J'ai un tube terre de Sienne dans mon tiroir.

Mais l'esthétique n'intéressait pas la fille de madame Phar. La bouche dûment peinte, elle se mâchouilla les lèvres, indifférente aux bruits de succion, à la salive, à la tache carmin qui s'agrandissait et lui donnait une gueule de goule. Elle clappa de la langue avec gourmandise.

— Banane glacée. J'en ai eu soudain une envie folle.

— Il y a pénurie de bananes dans la cité ?

— Mère, voyons, hors des beaux quartiers, personne ne connaît les bananes.

À cet âge, ils se figurent non seulement qu'ils savent tout, mais qu'ils sont les seuls à savoir. Normal. Ce qui gênait madame Phar, c'était la surprenante imperméabilité de la petite à toute ironie, tout recul. Elle prenait tout au pied de la lettre et ne rendait rien qu'au pied du mur. Ou réservait-elle cette attitude à sa mère ? Comment savoir ? Madame Phar ne voyait sa fille qu'en tête-à-tête, elle demeurait donc une inconnue familière, qui posait des questions familières.

— Qui m'a faite, Mère ?

Et se contentait de réponses familières.

— Dans la cité où j'ai grandi, à l'intérieur des terres, quelque part, des escadrons de la Mort nettoyaient les abords des fortifications qui pullulaient de nomades. J'étais dans une bande d'enfants et ils nous ont découverts alors que nous dormions. Quand je me suis réveillée, j'avais déjà la bouche pleine, mais ce n'était pas de nourriture. Je ne me souviens pas combien sont venus, ni comment cela a fini. Ils portaient des cagoules et j'ai remarqué qu'ils avaient tous les mêmes yeux délavés, dorés, ta couleur en fait. Et puis j'ai été prise dans un bordel ambulant avant de trouver une situation à Médilhault.

— Pourquoi m'as-tu gardée ?

« Je le sais de moins en moins », pensa Madame Phar, indifférente à ce que sa fille pouvait lire en elle.

— Tu ne m'as jamais fait mal, répondit-elle à haute voix.

— Mais j'ai été fabriquée par la mort.

— On peut le dire comme ça.

Qu'elle était lassante avec cette idée ressassée mille fois ! Ce lyrisme pubère et obtus ! « Fabriquée par la mort » ! Rien que ça ?

— Je sais, pardonne-moi, dit la fille sans rien préciser.

Elle s'agenouilla aux pieds parfumés de sa mère, y déposa son visage, et les deux mains longues et puissantes de madame Phar s'insinuèrent dans la masse de ses cheveux. Madame Phar aurait évoqué tous les escadrons de la Mort pour cette seconde, sa fille aurait renoncé à toutes les questions pour ce contact, mais ni l'une ni l'autre ne l'aurait dit pour tout l'or du monde. Il leur fallait donc tout ce cérémonial.

— Mais je ne suis pas venue pour ça, et bientôt je commence mon quart.

— Viens-en au fait.

— Connaissais-tu le quindécimvir Marais ?

Madame Phar, qui cherchait déjà une bonne raison de lui refuser de l'argent, mit un temps à trouver la réponse.

— Oui. Il était client, autrefois. Il est mort dans un incendie.

— Quel homme était-il ?

— Il aimait le sexe des femmes sans les mépriser pour autant... C'est rare, ajouta-t-elle dans le silence que sa fille lui laissa.

— Et son fils ?

— Je ne savais pas qu'il en avait un.

— Jamais vu ni entendu parler, tu es bien sûre ?

— Jamais. Pourquoi ?

— Je le cherche. C'est mon contrat.

— Tu n'es pas messagère du Protecteur ?

— Oui, mais je peux meubler mes temps libres avec des petits contrats.

— Quand on a un contrat, ma petite fille, il faut le remplir. Maintenant, je voudrais dormir. Moi aussi, je travaille.

Mais madame Phar ne dormit pas. Longtemps après que les pas de sa fille eurent décru dans la cour, les mains croisées sur ses entrailles apaisées, elle pensait à sa petite rousse, et aux yeux jaunes de ses procréateurs. À sa nubilité elle avait voulu qu'on la stérilise, mais elle était déjà stérile, sans ovaires. Un fait exceptionnel selon les médecins, mais dont elle ne s'était pas souciée sur le coup, débordée de travail.

« Ou bien je l'ai trop aimée, ou alors pas assez. » L'ancienne putain au visage de perle sentit se serrer le grain de sable qui lui tenait lieu de cœur.

Kin

Il avançait sans bruit et sans se presser, sûr du but et du trajet, partant des lombaires, marquant le coup en une fraction de seconde, se réverbérant à intervalles comme un jet de pierre plate qui ricoche sur un étang, avant d'éclater entre les malléoles, à la hauteur de la cheville droite, où la présence des deux os en saillie était toujours l'occasion d'un dilemme : où aboutir ? tibia ? péroné ? intérieur ? extérieur ? Et puis zut, pourquoi pas les deux ? Un coup à gauche, un coup à droite, portés sur des points pas plus gros qu'un pore de la peau, jamais tout à fait les mêmes, ni tout à fait nouveaux. Ensuite il mourait, cet éphémère bleu qu'on nomme douleur.

Le corps de Kin Fournier était rempli de ses larves, au point qu'il avait renoncé à les dénombrer. Elles éclosaient toutes à leur seconde et le traversaient de part en part, indifférentes à tout.

Il faisait sous lui, maintenant. Ce qu'aucune douleur physique n'avait pu entamer, l'odeur en était venue à bout : il ne pouvait plus penser à rien d'autre que lui-même, ni lecture, ni visage, ni paysage, aucune mémoire ne pouvait le transporter ailleurs. Cela s'était produit dans un temps qui lui semblait très court, mais qu'il ne pouvait établir. Il avait perdu la notion du temps, réalisant la prédiction que ses bourreaux s'étaient empressés de lui faire, dès son arrivée.

Il avait commencé par se vider de tous les crimes du monde, pour leur faire plaisir, pour avoir la paix, et on aurait dit qu'il ne pouvait plus s'arrêter, qu'il prolongeait ses faux aveux en se vidant entièrement. Il était maintenu sur une claie de métal par des lanières de cuir qui l'enserraient des épaules aux pieds. Au moins il restait seul, surveillé à distance d'une salle au miroir sans tain d'où s'actionnait le système de poulies qui assurait sa station sous tous les angles, selon ce qu'on pouvait prévoir de ses déjections, qui devenaient de moins en moins prévisibles.

Il parlait le plus souvent possible, à voix haute, pour s'entendre à défaut de ne plus se voir et de trop se sentir.

— Je te hais ! Qui que tu sois, je te hais ! Montre-toi si tu l'oses ! Si je pouvais te tenir dans ma main, la joie que j'aurais à te...

Et puis, elle fut devant lui. Elle avait d'épais cheveux roux, la peau tavelée d'éphélides de la racine des cheveux à la racine des ongles, ses yeux à l'iris vert jaunâtre étaient un peu injectés de sang ; sa bouche asymétrique, à la lèvre inférieure plus charnue, dessina un sourire où Kin vit briller une canine en or. Elle avait de jolis seins ronds et des hanches de nageuse, que son vêtement noir soulignait bien. Musclée de la bonne façon, en élongation.

— Vous n'êtes pas mon genre, lui dit-il.

— Je ne viens pas pour ça, répondit-elle.

Elle tapa du pied au sol et remonta, portée par une eau impalpable ; elle lui tendit une main qu'il saisit au mépris de toutes les entraves, à son étonnement. Elle le tira sans effort. La peau cuite de son avant-bras, au tatouage abrasé, cessa de picoter. Comme il remontait avec elle vers l'éclaircie ondoyante, là-haut, qu'il voyait pour la première fois, il s'aperçut qu'il n'avait plus d'odeur et que sa douleur était restée en bas, dans le cuir et le métal.

* * *

— Eh, torieux !

— Quoi ?

— Une main qui dépasse, là. Avec le mal qu'on s'est donné pour les empiler !

— Au fond du conteneur, en plus ! On n'a pas de temps à perdre, coupe-la.

Lark (nuit)

Comme il est noir et pur le ciel au-dessus de ma tête, et rempli d'étoiles grosses comme mon poing. Maintenant, je sais qui est Chaplin.

À Montréal, ils ont des temples sans fenêtres qu'ils nomment cinémas, désertés, comme tous les temples. Il y a une semaine, il pleuvait à torrents, et j'en ai trouvé un sur ma route. La marquise clignotante annonçait : « Rétrospective Chaplin ». J'ai investi la place comme j'entre partout, en payant de mon visage découvert le caissier ébahi.

Nous n'étions pas nombreux dans cette très grande salle. Je me demandais vraiment ce qui arriverait quand les lumières se sont éteintes et qu'il est apparu, lui. Avec sa canne, ses pantalons flottants, ses souliers, son chapeau et ce visage ! Il me ressemble, je l'admets. Voici donc Chaplin. Voici donc le cinéma. Voici donc le vingtième siècle.

Dans ce qui peut rester de mémoire à Médilhault, c'est évidemment la période la plus soigneusement éradiquée, la plus maudite. J'en sais plus sur les guerres puniques et la topographie de Machu Picchu que sur l'époque qui a vu naître mon grand-père, mais avec Chaplin, j'ai tout compris. On leur avait si bien injecté l'idée du bonheur, à ces gens-là, qu'ils ont fini par être en manque.

Je conçois qu'ils aient perdu Dieu. La foi aveugle ne fait pas le poids devant la persistance rétinienne.

Il faut s'habituer, d'ailleurs; le premier soir, deux ou trois fois, j'ai cru que l'image me sautait dessus, et une fois que j'étais aspiré par elle. Quel monde! Noir, blanc, et tous les gris. Ces objets qui s'animent, défaillent, sauvent et tuent, ces lampadaires qui mollissent, ces souliers qu'on mange, ces petits pains qui dansent, cette planète qui vole. Les mains de monsieur Verdoux quand il compte l'argent, agitées de leur vie propre, je les ai reconnues, ces mains.

Et c'est sorti de moi, au moment où je m'y attendais le moins, mais parce que j'attendais quelque chose. Ça m'a pris aux tripes et d'abord j'ai eu peur de vomir, mais c'est une lave transparente qui m'est montée à la gorge, a éclaté sans me salir, s'est répercutée dans ma tête et s'est éteinte dans mon souffle. J'ai ri pour la première fois.

Et puis ces femmes, si belles. Si intactes, éternellement modernes. Avant de saisir la marque du temps et la date des films, j'étais persuadé de les avoir croisées dans la rue, la veille. À quoi cela tient-il? Leur physique, leur attitude, leur regard, ou le regard qui s'est posé sur elles? Ma préférence va à Edna Purviance, qui a la plus jolie voix, car on peut l'entendre avec les yeux.

Mais lui, il a fini par parler, bien sûr, un détail dans ce culte à l'image. Puis il a enlevé sa moustache. Contrairement à moi, il n'avait rien à cacher, ce tricheur! Enfin, je lui pardonne, maintenant je le connais trop pour le juger. Un homme qui trouve la lumière par une jeune fille aveugle (*City Lights*, 1931) et qui remet ça vingt ans plus tard avec une paralytique (*Limelight*, 1951) ne peut pas être malhonnête. Hein, je suis devenu incollable!

Où a-t-il bien pu prendre son Dictateur? Y a-t-il eu une chose pareille au vingtième siècle? Nous n'aurions donc rien inventé, à Médilhault?

Ce soir, c'était le dernier film. C'est fini. En écoutant des conversations de spectateurs, j'ai fini par comprendre que le cinéma était un phénomène cyclique et que Chaplin se reproduisait souvent. Mais quand? Comment? Où?

J'ai marché jusqu'à un viaduc et enjambé le parapet. Les autos filent sous mes pieds, le ciel est un espace noir. La nuit, il faut préférer les espaces noirs aux espaces verts, c'est plus sûr.

Je suis beaucoup moins pressé de mourir. C'est la faute à Chaplin. Je donnerais cher pour savoir parler, cette nuit. Comme le barbier du ghetto, je prendrais un micro pour haranguer la foule, j'abolirais les guerres, et je dirais: « Hannah, Hannah, où que tu sois, je t'aime et je te retrouverai. M'entends-tu, Hannah? » Et le visage de Paulette Godard m'apprendrait que l'horreur n'est qu'un songe.

Mais c'est du cinéma, tout ça.

Mort

Elle aimait le bruit de ses talons sur les pavés et ne s'en privait jamais. Mort marchait beaucoup, question de tempérament et en l'occurrence, nécessité du travail.

Mort aimait bien Médilhault, une belle ville ratissée, avec un fond de rumeur raisonnable, qui s'éteignait et reprenait à heures fixes. On s'y sentait comme au creux d'une main sûre. De hautes façades lisses d'où la vie ne sourdait jamais, des rues calmes où aucun passant ne levait les yeux sur âme qui vive. Au début, elle avait fait comme eux, avait fixé son regard au sol, jusqu'à en faire des cauchemars peuplés de gigantesques pieds chaussés. Puis elle avait ramené ses yeux à leur hauteur naturelle, pour se rendre compte que personne ne le saurait, puisqu'elle était la seule à le faire. Et elle les avait impunément détaillés, ces visages ternes, sans aspérités, crépis à chaux et à sable. Et elle s'était mise à rêver de paupières.

Elle voulait partir, mais elle avait pris forme humaine pour une raison qu'elle connaissait depuis toujours : trouver Lark Marais et réduire à néant le souffle qu'il n'aurait jamais dû garder. Ils étaient quelques-uns comme ça, les avatars du cataclysme, les monstres, qui ne pouvaient mourir proprement, faute d'une vie réelle à laisser derrière eux. Ceux-là nécessitaient un travail particulier, il fallait venir les chercher. Dans le jargon du métier, on parlait de contrats. Travail délicat, mais prévisible.

Alors pourquoi Lark Marais lui échappait-il ? Il se trouvait là, dans ces murs, elle le pistait, mais ne le voyait nulle part. Il lui fallait pourtant en finir avec lui. De temps en temps, elle faisait passer d'autres gens, pour garder la touche, du menu fretin qui ne l'apaisait guère, tant ils la désiraient et l'appelaient. On arrivait, on leur tendait la main, on les tirait à soi, bonsoir. Toute perfection s'achève : à Médilhault le travail de Mort devenait monotone. Il lui semblait qu'elle était de taille à relever d'autres gants, mais pour l'heure, le monstre lui filait entre les doigts.

La rue en pente montait en larges plans étagés, qu'on franchissait sous des passages couverts ; des marchands montaient déjà leurs étals pour la journée, un relent aigre de suie froide lui signala qu'elle arrivait. Les ruines de la maison Marais avaient été nettoyées et l'emplacement était devenu un chantier d'ordures à récupérer. Il ne restait aucune trace de l'incendie, mais déjà les habitants surnommaient cet endroit la place aux Cendres, même si le chantier avait reçu son code numérique en bonne et due forme. En contrebas, une femme nettoyait ses volets, elle essuyait une poussière collante et foncée, comme Mort n'en avait vu nulle part ailleurs.

« Comme il devait être riche, Marais, pour occuper un tel espace », se dit Mort en arpentant le chantier désert. Tout lui était prétexte à supputer, elle aimait la valeur des choses. Elle franchit une palissade, sentit la terre meuble se coller à ses semelles, ne bougea plus. Elle ne trouverait rien ici, pas un objet ni un signe, rien. Elle attendait quoi ?

Et elle le vit. Lui la regardait depuis longtemps, il ne cilla même pas. Il était grand et efflanqué, sa peau gris pâle pendait en plis flasques sur ses côtes, il fronçait nerveusement ses narines roses. Il semblait fait comme un rat, et pour cause, c'en était un. Il avait dû être, en son temps, un surmulot prospère, un vrai rat d'égout.

— Mon pauvre vieux, les égouts se font plus rares.

— Qu'y pouvons-nous? C'est la survie du plus apte.

— Vous avez lu Darwin?

— Non, mais j'ai connu quelqu'un qui l'avait lu.

Il pencha la tête, dans ce qui pouvait passer pour un sourire. Mort lui tendit sa main ouverte et son bras, parfois les rats y grimpaient, mais pas celui-là. Il la regardait dans les yeux.

— Vous avez des yeux rares. D'abord on les voit, c'est déjà ça, et puis cette couleur... De l'or, de la pourriture d'œuf au soleil, du pus mêlé de sang... C'est très joli, appétissant, même.

— Je vous remercie.

— Votre dent en or, c'est une parure ou un accident?

— C'est naturel, elle a poussé comme ça.

— Ah.

Il opina d'un couinement éteint dans la gorge. Il ne dirait plus rien de son propre chef, il attendait.

— Savez-vous où je peux trouver Lark Marais? Un monstre qui vivait ici, avant.

C'était la bonne question.

— Suivez-moi.

Simple comme bonjour. Il se mit à trottiner derrière les immondices rangées en cônes, jusqu'à un mur. Dans une fissure, Mort trouva le bout d'un anneau de fer, fiché dans une motte de boue. Le rat creusa, elle en fit autant. Ils dégagèrent l'anneau en entier, elle le tira, une trappe s'ouvrit.

— C'est la seule qui n'était pas encore cimentée, mais si des ouvriers la voient maintenant, ça ne tardera pas.

— Ça signifie que si je m'y engage, je peux ne pas en revenir ?

— Lark Marais s'y trouve, je le jure.

Le trou était sombre, humide, mais praticable. Mort s'y engagea, le rat recula.

Quand il ne resta plus qu'un filet de jour au-dessus d'elle, elle entendit la voix de son guide, portée par l'écho :

— Tue-le, surtout ! Tue-le bien ! Mets-y le feu, qu'il en crève comme tous ceux qui ont vécu dans cette maison !

Mets-y le feu... Les attentes que les gens ont, quand même. C'est plus facile à dire qu'à faire, mets-y le feu.

Lark (aube)

All's well, job number 13.

Charlie CHAPLIN, *The Kid.*

The sober dawn awakens a different man, dit un carton de *City Lights*. L'aube dégrisée voit se lever un autre homme. Hein, pas mal pour un monstre enfermé en lui-même ! Cet effort accompli, je dois manger; direction : poubelle.

Je chasse un rat, qui avait fait son lit dans une carcasse de volaille encore mangeable. Les rats sont de sales bêtes, snobs et pique-assiettes, des parasites. Dans la maison du quindécimvir mon père, je n'ai jamais hésité à les écraser, par portées entières quand je le pouvais. Celui-là, je l'ai surpris, tout habitué qu'il est de faire peur; pas de ça avec moi, rattus ! La peur, je ne connais pas. J'ai eu toutes les rages et toutes les peines, mais sans peur.

Je sens peser sur moi un regard de métal. Pourtant, je suis seul. L'ange de bronze de l'esplanade ne s'envole que pour moi. Et si c'était lui ? S'il y avait quelqu'un dans cette forme ? Je ne suis peut-être pas seul à connaître l'enfermement... Il ne me parlera pas bien sûr, il est de la race de bronze, je suis de celle des monstres, chacun son mutisme. Et si j'allais dormir sur les genoux de la statue, comme Charlie le fait dans *City Lights*, justement? Mais les anges n'ont pas de genoux, les anges n'ont que du vent entre les chevilles et la tête, c'est connu. Ont-ils des yeux pour voir?

Le poulet était bon, j'ai pris tout mon temps pour broyer jusqu'au dernier petit os. Et je le sentais toujours sur mon dos, où que je me tourne, ce regard. On m'a si peu regardé que c'est pour moi une sensation reconnaissable entre toutes. J'ai couru dans le sous-bois, et il m'a talonné, toujours là. Je n'étais pas de taille à répondre, j'ai cessé de bouger, j'ai fait le dos rond.

Je n'ai pas attendu longtemps. Sa main s'est posée sur mon épaule. Une main potelée, aux ongles courts et en deuil, pleins de terre. J'ai parié tout seul: femme, rousse, jeune. J'ai levé la tête, j'avais gagné. Pourquoi ai-je pensé à un insecte? Le fin modelé du visage? Les yeux remontant vers les tempes? Ou leur couleur pâle, qui m'a transpercé? Pour la première fois de ma vie, j'ai baissé les yeux le premier. La peur. Si proche du rire, au fond, que je ne pouvais qu'éprouver l'une après avoir connu l'autre.

Elle a remonté sur mon visage, sans hâte, elle a enlevé ma petite moustache de velours. Non, pas ça! S'il vous plaît, laissez-moi mon morceau de Chaplin, je promets tout ce qu'on voudra. Elle a promené un doigt râpeux sur les bords de mon trou, elle a gratté un peu de son ongle, je me suis mis à avaler du sang. Pitié, pitié! D'un coup, elle a enfoncé tout son index dans une de mes narines, je ne pourrais pas dire laquelle, elle a remonté, encore, comme l'assassin qu'elle était. Elle a buté à la hauteur de mes yeux, elle a forcé et j'ai pleuré du fiel avant que tout éclate.

Elle pourra se vanter de m'avoir fait mal.

* * *

Quand j'ai vu la lumière, j'ai compris que j'étais ailleurs, dans une vieille époque, au temps ancien où notre travail se faisait tout seul.

J'ai toujours su que j'étais la Mort et que j'arriverais à mes fins. J'y ai toujours cru. C'est l'essentiel, croire en soi-même.

Ce que j'ignorais, c'est la laideur de ce monstre. Par quelle aberration a-t-on pu le laisser aller et venir si longtemps ? Et c'est ça qui m'a donné tant de peine ? Je vais t'achever ça au galop, moi. Et en faisant feu des quatre fers, encore !

* * *

C'est bête, quand on a ri, on est moins pressé de mourir. Ce n'est qu'une mauvaise seconde à passer, courage. Il faudrait que je pense à autre chose, n'importe quoi d'un peu joli, un visage de femme... le dernier plan du *Dictateur* ! Paulette Godard entend une voix qui tombe du ciel, c'est-à-dire d'un micro. Hannah, Hannah, je t'aime. Tout est beau.

* * *

Contrat rempli, tout est bien. Il s'est montré coriace. La mauvaise influence de cette époque, sûrement. Je crois savoir qu'ils tenaient à la vie, ces péquenauds du vingtième siècle, on se demande pourquoi. Comme j'allais relâcher mon étreinte, sa bouche a eu un spasme et il en est sorti un son hachuré : A-Na ! A-Na ! Appelait-il ? Anna. Qui vient de l'hébraïque Hannah, et signifie « la grâce ». Son coup de grâce, il l'a eu.

* * *

Ils ont été trouvés entre 7 h 45 et 8 h 00, par l'agent qui faisait sa ronde à cheval dans le secteur de l'esplanade. Les restes encore fumants indiquaient une mort récente. Aucun bidon d'essence n'a été trouvé sur place, mais on suppose qu'ils ont pu emmener le combustible dans un contenant plus ordinaire pour ne pas attirer l'attention. Ce genre de suicide est habituellement le fait d'exhibitionnistes solitaires, et non de couples dissimulés. Le crâne de l'homme est tombé en poussière dès qu'on l'a soulevé, il n'en reste qu'un pan de mâchoire qui ne nous apprendra rien. La femme avait une dent en or, une étrange prothèse d'or massif dont le procédé nous est inconnu et sur lequel il faudrait un supplément d'enquête.

Cent

Cent. En comptant un bébé viable dont la naissance s'est produite hier soir, nous sommes cent et le resterons selon toute probabilité quand nous traverserons le détroit entre la mer des Tchouktches et la mer de Béring. Un de nos hommes s'est battu avec une bête et l'a tuée. J'ai rempli deux gourdes de son sang et je peux donc reprendre l'écriture de ce journal. Quand il ne me restera plus de papier, ce sera un autre problème. Les peaux servent à faire des outres ou des vêtements. De toute façon, nous n'avons pas de quoi les tanner assez pour que l'encre s'y imprègne. Ici, il n'y a pas d'arbres. Bref, c'est un mauvais moment et j'espère qu'il passera.

Un autre jour.

Au début, le compte des jours se faisait scrupuleusement, puis il y a eu cette épidémie de jaunisse, nous avons perdu du monde; j'ai été malade, mais les vaccins de mon enfance voyageuse devaient toujours tenir, je m'en suis sorti. Seulement, mon encre et le clavigraphe que j'emmenais avec moi ont disparu; seules les cartes que je gardais sous mes vêtements me sont restées. J'ai troqué à des nomades des gants contre du papier et de gros crayons à mine de plomb comme je n'en avais pas vu depuis l'Afrique de ma jeunesse. D'où venaient-ils, d'ailleurs, ces crayons?

J'ai écrit le temps de trente-six crayons, aiguisés au couteau tous les trois jours, un crayon couvrant environ un mois. Puis, j'ai perdu le fil exact du temps; j'ai pu compter trois hivers, passés dans les plaines, secs et venteux. Nous avons eu cette chance, car l'humidité apporte plus de maladies. Dans les terres intérieures, tout est sec et même désertique par endroits. J'ai insisté pour que nous restions dans ces plaines, alors que d'autres se lancent sur les montagnes de l'ouest. Bien nous en a pris. Plus nous montons, moins nous croisons de gens, et le chemin reste facile. Mais c'est plus long. Beaucoup plus long.

Le fleuve Yukon est toujours navigable, cette bonne nouvelle ne réjouira que nous cent, hélas! Nous l'avons pris à la hauteur du soixante-sixième parallèle, non loin des ruines de Fort Yukon. Nos canots tiennent bon et avec un peu d'acharnement, on pourrait trouver de quoi les colmater en cas d'usure; pour le moment, c'est assez.

Nous pouvons toujours faire du feu, il y a des broussailles en quantité, ce qui est l'essentiel. J'insiste pour que la carne soit cuite et recuite et l'eau bouillie; depuis qu'il y a eu des empoisonnements, en cela au moins je suis écouté.

Ils ont eu ici, autrefois, de grands désordres de la nature et des humains. Plus nous montons au nord, plus les bêtes sont monstrueuses, au point que même les plus aguerris d'entre nous hésitent à les manger. Pour ma part, je chique des racines. Il y en a qui mangent de la terre.

Un autre jour.

Nous débattrons ce soir: à partir de l'affluent de la Koyukuk, le fleuve redescend vers le sud, ce qui nous éloigne trop de notre but. Sans compter que le delta compte une cité, Alakanuk, qui nous barre la route. Il vaudrait mieux reprendre la marche à travers les terres tout de suite. Ce sera dur. Nous préférons tous les voies d'eau, plus rapides, moins fatigantes. Depuis mon départ de la cité de Médilhault, notre horde s'est scindée et refondue avec d'autres tant de fois ! Maintenant, il serait préférable que nous restions unis, ce qui n'ira pas sans mal. Nous ne nous aimons guère les uns les autres ; pour ma part, je me sens haï. Je suis le seul à pouvoir lire les cartes et à savoir m'orienter, grâce à une boussole qui ne m'appartient pas, qui est à Big Sarrazin, une femme qui s'est jointe à nous au cours du deuxième hiver. Elle me passe sa boussole et n'oublie jamais de la reprendre. Elle croit peut-être que je vais la lui voler.

Cette femme n'ouvre jamais la bouche en ma présence et me voue tout le mépris possible. Elle a subi l'épreuve, elle ! C'est une rescapée des cachots de la Muraille, une torturée, une vraie. Une qui est montée au feu et descendue aux enfers. Je me demande qui a pu l'affubler d'un surnom pareil, Big ! C'est un pou : grosse comme un pou, méchante comme un pou, laide comme un pou. Un triple pou, c'est peut-être assez gros pour être appelé Big.

La plupart de mes compagnons de route sont comme elle : évadés de prison, ou pauvres hères en rupture de cité, ou nomades de naissance. Je suis le seul puissant, comme ils disent, le seul tatoué. Ni torturé, ni banni, ni évadé. Un jour, je suis parti parce que j'en avais assez, parce que ce n'est pas une vie, parce que j'avais connu autre chose, parce que.

Un autre jour.

Je suis parti parce que mon frère ne revenait pas. Requis par le service du Protecteur pour étudier des archives sur les écrans de la Muraille, il devait y rester deux semaines. J'ai d'abord reçu une lettre, courte et rédigée pour passer la censure, puis une petite carte, tout aussi impersonnelle. Je ne l'ai jamais revu. Aujourd'hui, je crois que la convocation même était un piège où il est tombé, mais pourquoi ? Mon frère était un lettré, un écraniste qui s'occupait de poésie, pas de politique. Enfin, je n'ai même pas osé réclamer les informations que personne ne se souciait de me donner. Quand j'ai été convoqué à mon tour, je suis parti. De nuit.

Je n'aime pas ce côté-ci du monde, je n'ai jamais pu m'habituer. Je suis né étranger en terre étrangère, puis j'ai été un étranger parmi les miens et ici, je suis toujours un étranger. C'est peut-être ma nature.

Un autre jour.

Aujourd'hui, nous reprenons la marche. Portage. Nous traversons la péninsule Seward.

Un autre jour.

Au moins, le terrain est sec. Nous devons être dans la bonne saison, quelle qu'elle soit. Les nomades disent qu'il ne pleuvra pas, raison de plus pour atteindre le littoral très vite, car l'eau se fait rare. Nous mâchons de la mousse et la recrachons, ça humecte la gorge. La mère du nouveau-né commence à se tarir. Je lui ai fait boire un peu de mon encre de sang. Je voudrais que ce bébé vive, il me semble que c'est de bon augure. Cette femme est la seule survivante du massacre de sa horde, pendant lequel l'enfant a dû être conçu. Nous avons essayé d'en savoir plus, mais parmi nous personne ne parle sa langue. Elle commence à se faire comprendre, en mélangeant toutes les nôtres. Quand je lui ai demandé : « Père, bébé ? », elle a secoué la tête et a craché.

Plus tard, elle est venue me voir, m'a dit : « Père. Bébé » en frottant ses paupières fermées d'une poussière jaune. Je n'ai rien compris, les autres non plus.

Un autre jour.

Bivouac, feu, halte. Nous veillons à tour de rôle, par équipes. Certains ont pris l'habitude de chanter, cela nous vient de trois bateleurs qui sont arrivés d'on ne sait où, de vrais nomades. Quand ils ont mal aux pieds, ils marchent sur les mains.

Cette nuit, j'étais de garde et la femme du trio chantait pour elle-même.

— Vous ne croyez pas que ça risque d'attirer les bêtes ?

Elle m'a fait un sourire d'enfant malin, qui découvrait toutes ses dents et remontait jusqu'aux yeux.

— Pensez-vous ! Ça les éloigne. Ils n'ont pas fini d'avoir peur de nous, les animaux, pas encore.

Elle s'est rapprochée.

— Nous n'avons jamais été présentés, je m'appelle Paulette.

— Et moi, Kiev.

— J'ai cru remarquer que vous portiez un tatouage, je peux voir ?

J'ai tendu mon avant-bras à la lueur du feu. Elle l'a saisi de sa main chaude et sèche.

— Deux octogones sable et sinople sur fond de gueules à bandes d'or. Ce sont de beaux pigments, je ne croyais pas qu'on en trouvait de pareils.

— Vous connaissez le langage des armoiries ?

— J'ai déjà été faussaire, mon ami. Il existe de faux tatouages et de faux tatoués, vous le saviez ?

Son sourire avait baissé d'un cran, elle le tassait au creux de deux fossettes encore grasses.

— Le vôtre est vrai, ceci dit. Rare, mais vrai. Ce sont les armes de la gens Sénéchal. Puissante famille.

— Je ne suis pas Sénéchal, mais ma mère l'était. Il y a longtemps que je n'avais pas entendu le mot *gens* dans son premier sens.

Paulette m'a fait une petite moue à la fois boudeuse et mondaine.

— Le vocabulaire du métier... J'y tenais beaucoup; la précision fait gagner du temps, vous ne trouvez pas?

Elle ne me lâchait pas.

— Ce tatouage m'a été fait en Europe, où je suis né, cela explique peut-être la différence des pigments.

Du coup, j'ai récupéré mon bras.

— L'Europe existe donc? Vous pouvez me le jurer?

— Sur mon honneur.

— Il paraît que ses habitants ont une deuxième gueule au milieu du front, c'est vrai?

La réponse demandait une certaine réflexion.

— C'est bien vrai, mais extérieurement ça ne se voit pas. Ils ont la même apparence que nous.

Je l'ai déçue.

— Ah. Et vous en êtes revenu en char du ciel?

— Oui, mais mes parents avaient franchi l'océan en bateau pour s'y rendre.

— L'océan, il paraît que c'est dangereux.

— Ça l'est.

— Ce n'est pas là que tu nous conduis, n'est-ce pas?

— Non, nous franchirons le seul point de la planète où l'Ancien Monde et le Nouveau se touchent presque. Là où les Asiatiques sont passés, nous repasserons.

Et elle a souri de nouveau en plissant le nez.

— Ça me plaît mauditement. Je peux te tutoyer?

— Tu peux. La marche ne te fatigue pas trop?

— Je ne te cache pas que j'aimais mieux canoter.

Paulette est une naine. Moi assis par terre en tailleur et elle debout, nous nous faisons face. Elle s'est remise à chanter et j'ai dû dormir, puisque j'ai rêvé.

Je me trouvais au même endroit, près du même feu, mais je parlais avec mon frère. Il était au dernier âge où je l'ai connu, mais des coulées de sang séché le couvraient de la tête aux pieds, un motif de gueules à bandes d'or. Il souriait et voulait de mes nouvelles. Moi, je voulais des siennes.

— Tu es bien mort, au moins?

— Oui, rassure-toi. Ils y ont mis le temps, mais maintenant, c'est fait. Et toi? Tu as reçu une convocation à ton tour? Tu avais compris, j'espère, qu'ils ne peuvent pas venir arrêter les puissants comme de vulgaires brigands et qu'ils nous cueillent ainsi?

— Je n'avais rien compris, mais j'ai préféré m'enfuir. Il n'y avait aucun espoir que je te sauve, n'est-ce pas?

— Aucun. Tu as bien fait. Tu as toujours marché à l'instinct, toi. Pas moi, je croyais aux mots, je raisonnais.

Il a voulu me toucher de sa main et j'ai vu les cicatrices du tatouage abrasé. Ses ongles ébréchés se sont enfoncés dans ma joue.

— Tu as bien fait, Kiev. Et tu es sur le point de franchir le détroit de Béring?

J'ai acquiescé et ses ongles m'ont labouré la peau.

— La péninsule Seward est un bon chemin, mais peut-être pas aussi paisible que tu le crois.

— Pourquoi?

Il n'a rien répondu.

— Pourquoi t'ont-ils arrêté, Kin? Avaient-ils au moins une raison de le faire?

Il n'a rien répondu.

— Je ne t'ai pas abandonné pour rien, jure-le moi!

— Je le jure. Tu as bien fait.

Il s'est levé et je l'ai perdu de vue.

Il avait dû perdre l'habitude de raisonner, quelque part, en cours de route.

Puis j'ai vu ma main sur la moulure de plâtre d'un mur lavande, et j'ai reconnu la chambre d'une femme que j'ai déjà aimée. Je donnerais tout pour un mur, pour un plafond familier où le regard arrête avant de revenir sur une femme endormie et parfumée. Je donnerais tout pour un peu de lavande, mais surtout, surtout pour un mur.

Quelqu'un chantait, mais le silence s'est fait quand je me suis réveillé, Paulette était partie.

Un autre jour.

Nous marchons toujours. Les enfants, les mères et les vieillards au centre, entourés des adultes, hommes et femmes, en un rectangle assez compact. Nous ne parlons presque pas. D'abord, nous n'avons pas tous la même langue, et puis ces marches sont une sorte d'effort collectif ramassé comme un jet de pierre. Ce qui compte maintenant, c'est d'avancer pas après pas après pas.

Paulette est juchée sur les épaules de son frère, Roger, bâti comme l'hercule de foire qu'il a déjà dû être. Elle a un autre frère, Sydney, un gringalet ordinaire qui fait des tours de passe-passe avec deux cailloux et un mouchoir pour que les enfants se tiennent tranquilles, le soir. Tous deux ont le cou marqué d'une cicatrice énorme, un ruban de peau cuite qui s'étale presque d'une oreille à l'autre. Ils en imposent à tout le monde : survivants d'une mise à mort. Paulette, elle, n'a rien de semblable. Je me demande si c'est elle qui les a soignés ; en tout cas, elle sait y faire : l'emplâtre de boue séchée qu'elle a gentiment appliqué sur ma joue fait merveille. Dans mon sommeil de l'autre jour, je me suis éraflé le visage sur des roches ou des épines, je ne sais pas.

Je ne rêve plus. J'aimerais bien, pourtant.

Un autre jour.

Nous avons trouvé une rivière.

Un autre jour.

Nous avions trouvé une rivière. Répertoriée sur aucune carte, une sorte de miracle qui surgit de la terre, un hasard tellurique, à l'eau transparente comme l'air, une petite rivière neuve. Nous sommes tombés dessus au tournant d'un massif rocheux, nous n'avons même pas eu le temps de la voir venir, même pas prévenus par un clapotis, rien. La horde a stoppé pile. Quand je me suis retourné vers la grève, plus tard, j'ai vu nos hardes, abandonnées en tas individuels, chacun à la place occupée auparavant par son propriétaire, reproduisant notre rectangle, comme un plan de bataille.

Tant pis. J'ai espéré que cette eau ne soit pas empoisonnée et je m'en suis soûlé avec les autres.

Et puis, quelqu'un s'est mis à crier, et ensuite un autre et ils ont tous commencé à sortir de la rivière comme des brûlés. Une sorte d'écume rouge descendait en aval vers nous. J'ai piqué une tête et remonté un méandre, suivi par ceux qui était restés à l'eau, alors que les autres couraient pour nous suivre de loin.

Un demi-kilomètre plus en amont, dans une crique, une dizaine de corps finissaient de perdre leur sang par une large entaille à la carotide. Ça valait une signature : escadron de la Mort. Ce n'était pas le premier massacre que je voyais, mais si loin des cités du sud, si loin qu'une horde de proscrits ne pouvait représenter une menace, ils venaient encore les tuer. Et nous ? À quelques kilomètres de distance, pas plus, notre nombre nous a-t-il sauvés? Reviendront-ils avec des renforts ?

Ils avaient deux chariots et pas de canots, à en juger par les restes qui jonchaient le sol. Petite horde. Une famille, peut-être. Une vieille femme, deux hommes âgés, une demi-douzaine d'hommes et de femmes d'âge indéterminé, un adolescent. Une caisse béait sous un chariot renversé, elle contenait des livres éparpillés, de vrais livres, comme je n'en avais pas vu depuis des années.

— Il y a un pilori, par là.

C'était une machine de métal, qui avait dû voyager en pièces détachées et qui avait été montée à la va-vite, une presse à imprimer manuelle, plan contre plan, une minerve à pédale, un modèle de 1900. J'ai dévissé la platine, mais la tête qui s'y trouvait enserrée s'est tout de même détachée de son corps. Une femme.

Plus loin, nous avons trouvé des coffrets de caractères en métal, des poinçons, des bonbonnes d'huile et une caisse de noix de galle. Des typographes qui avaient fui leur cité en volant tout ce qu'il fallait pour continuer leur métier ailleurs. Une bonne part de leur papier avait servi à faire un feu, mais du papier, pourvu qu'on trouve un endroit où la végétation est abondante, ça se remplace toujours.

Quelqu'un pleurait et lançait au ciel le cri qu'on a pour se prouver qu'on existe encore. Ce n'était pas un des nôtres. C'était une fille, de quatorze, quinze ans au plus, clouée par les mains sur une planche inclinée, la tête au plus bas. Elle haletait :

— Délivrez-moi !

J'ai voulu la déclouer.

— Non ! Pas comme ça ! Délivrez-moi pour de bon !

— Nous sommes des amis.

— Alors, délivrez-moi ! Vite ! Par pitié !

Je n'ai rien répondu et elle m'a mordu la main. J'ai reculé et c'est le moment qu'a choisi Big Sarrazin pour la poignarder. D'abord au cœur, puis sous le sternum en ligne droite jusqu'au diaphragme, puis au foie, jusqu'à la garde. La fille a lancé un étrange cri, plein de reconnaissance.

J'ai sauté sur Big et je l'ai jetée à terre, je l'ai frappée au ventre et si elle n'avait pas eu le réflexe de lancer son couteau au loin, je m'en serais servi pour la tuer. Je lui ai arraché le bandeau qu'elle porte au visage, et j'ai vu jusqu'au fond du trou vide qui a déjà été son œil gauche. Elle me serrait le cou à deux mains, ses pouces enfonçant ma pomme d'Adam. La garce savait se battre. J'ai frappé dans un ventre dur comme du fer et mes mains ont glissé sur une taille menue, si douce, où des hanches s'arrondissaient à peine sous une peau fine et soyeuse. Elle était nue, sortie de l'eau comme moi, nous nous sommes aperçus en même temps que je bandais ; elle en a profité pour m'assommer d'un coup de tête en plein front. J'ai eu le temps de me voir tomber jusqu'au fond d'un trou rouge.

Un autre jour.

— Elle te déplaît, la grande Sarrazine, hein ?

C'était Paulette. J'étais rhabillé, étendu près d'un feu.

— Elle est grosse comme un pou.

La naine a eu un rire de gorge.

— Pas pour moi. Ne bouge pas. Tu nous as fait trois jours de fièvre.

— Et vous ne m'avez pas abandonné?

— Tu es notre guide quand même, eh, tatoué. Et puis j'ai juré que celui qui foutrait le camp, Roger lui ferait son affaire. Il est fort, mon Roger.

Paulette est toujours d'humeur égale. Rien ne la surprend.

— La fille est bien morte n'est-ce pas?

— Oh oui, ça pour être morte, elle l'est, heureusement. On les a tous enterrés dans un grand trou. Ils voulaient y mettre les livres et la machine, mais quelqu'un a demandé qu'on t'attende pour en délibérer. C'est bien fait?

— Très bien.

Elle m'a fait boire de l'eau qui goûtait le fer.

— C'est Big Sarrazin qui l'a demandé. Elle veut qu'on débatte du sort de la presse et des livres tous ensemble. Je crois que tu lui dois des excuses.

— Je crois qu'elle peut crever.

— Laisse-moi te dire une chose, Kiev Fournier, de la gens Sénéchal : Big avait raison. Quand quelqu'un demande à mourir et n'a pas la force de s'achever tout seul, on le tue. C'est la moindre des choses.

— C'est honteux.

— Elle ne t'a donc rien appris, la vie qu'on mène? Tu n'as pas encore pleuré assez de sel ni mangé assez de terre?

Je ne suis pas descendu si bas, c'est un fait. Je ne le dirai pas.

— Cette fille voulait mourir, avec sagesse. Elle avait déjà dû voir un massacre des escadrons et elle savait ce qu'ils lui avaient fait.

— Ils l'avaient violée, et alors? Ce n'est pas une raison pour mourir.

— Je ne dis pas cela, Kiev. Tu as déjà vu les suites d'un massacre, mais tu n'en as jamais vu un en cours, n'est-ce pas?

Je n'ai rien répondu.

— Moi, si. Ils ont déjà attaqué ma horde, la première où j'étais, celle des forains. À cause de ma petite taille, je suis restée cachée, et ça a été ma chance, parce que tu le comprends bien, pour moi, le viol par un homme de taille normale, c'est du trois pour un : outrage, torture et mort probable. Mais cachée comme j'étais, j'ai quand même tout vu. Ce qui est frappant, c'est qu'ils sont muets. Pas un son ne sort d'eux, même pas un cri, rien. Ils sont vêtus d'un uniforme, casqués et masqués. Ils ne disent pas un mot, tuent d'abord les hommes et les femmes adultes, les enfants, les vieillards et gardent les filles nubiles pour la fin. Ils ont des armes à feu, des saloperies barbares, mais ils s'en servent peu. Ils tiennent en respect avec, plutôt, et ils tuent au couteau.

— Pourquoi?

Elle a marqué une pause, pour chercher un détail du tableau.

— Je ne sais pas... Vraiment, non. Enfin bref, ils violent les filles à la fin. Et quand ils en ont fini, ils les prennent à deux par les pieds, et ils les secouent doucement. Dans le massacre que j'ai vu, ils les ont attachées à des branches d'arbre, les pieds surélevés. Et ils partent, en les laissant vivantes, comme cette fille que Big a tuée pour la délivrer.

— Mais pourquoi?

— Tu ne comprends donc pas?

Elle s'est recroquevillée, les genoux sous le menton, les bras croisés, et s'est balancée un moment en silence.

— Ils les ensemencent.

Et pour être bien sûre que je comprenais :

— Ces filles porteront la mort et la feront chair. Amen.

Il a dû s'écouler un temps. Mais je n'ai même plus la notion des minutes.

Un autre jour.

J'ai mis à tremper les noix de galle, dans un seau d'eau nappé d'une légère couche d'huile. Il en a résulté une encre parfaite, un liquide homogène et fluide, bien pénétrant. L'eau venait de la rivière au sang, je ne sais si cela peut expliquer la couleur de l'encre, un rouge indéfinissable, que je n'avais jamais vu. Je repasse sur mon écriture d'il y a bientôt sept ans, où la mine de plomb pâlit déjà.

La presse à imprimer, à part quelques rouages où la rouille se dépose, est en bon état, et les coffres de caractères sont presque intacts. Qui étaient ces gens qui ont traîné à bout de bras jusqu'aux confins du monde une machine à répandre la connaissance ? Nous ne le saurons jamais. Ils ont laissé des livres, mais aucun écrit personnel. J'ai commencé à inventorier les bouquins, en me disant que l'un d'entre eux pourrait contenir des notes, mais je n'ai rien trouvé. Le tout est d'ailleurs en différentes langues.

Nous avons renforcé les tours de garde. Six de nos jeunes sont montés sur un promontoire d'où on peut voir au loin. Tout demeure calme. C'est demain qu'on délibérera sur le sort des livres.

Un autre jour.

Nous étions tous autour d'un feu. La plus vieille d'entre nous dirigeait les débats, donnant des tours de parole.

— Je dis qu'il faut laisser ce fatras derrière nous et décamper au plus vite, les livres, ce n'est jamais qu'une raison de plus de se faire emprisonner.

— Le fait est que c'est dangereux. J'ai connu une femme, elle en avait un, de livre, elle a fini par en mourir ; ils l'ont brûlé, son sale livre, et elle avec, parce qu'elle ne voulait pas le lâcher.

— Est-ce que nous n'avons pas fui pour récupérer ce droit de posséder ce que bon nous semble, justement ? et des livres comme le reste ?

— Les livres, moi je dis que ceux qui en veulent les prennent et les charrient eux-mêmes. Mais il n'est pas question qu'ils nous ralentissent. Quant à la presse, il faut la laisser derrière nous et l'enterrer pour être sûr qu'elle ne nuira à personne !

— Ah non ! Au contraire ! Laissons les livres, amenons la presse. Ce sera le moyen de posséder nos propres écrits. Ce sont les livres des autres qui ont mené notre monde à sa perte dans l'autre siècle, avec la presse, nous aurons nos propres livres. Nous pourrons détruire tout ce qui est caduc et le remplacer par de la connaissance neuve, au fur et à mesure.

— Allons donc ! C'est une presse manuelle qui demande une pression énorme pour fonctionner, je m'y connais, j'ai déjà fréquenté des typographes de ma cité. On pourra imprimer, peut-être, je dis bien peut-être, mais sûrement pas des livres. À ce compte-là, mieux vaut ne pas s'alourdir et tout laisser.

— Nous avons la chance de tout recommencer à neuf, d'être à l'aube d'un monde nouveau, vierge, pur, et nous voudrions garder ces fléaux de la terre ! Mais tout le mal n'a-t-il pas commencé avec eux ? Au feu ! Au feu ! J'aimais les livres autrefois, j'ai supporté la prison et la torture pour eux, le souvenir de mes lectures m'a soutenu dans les pires douleurs, et un jour, je me suis aperçu que plus rien n'avait de sens, que pour moi la douleur du corps et la mémoire des livres étaient liées à jamais! À quoi m'a servi mon courage? À perdre mon seul plaisir. J'aurais dû céder. Je serais mort, ou amnésique, mais au moins je ne souffrirais plus. La connaissance ne sert qu'à connaître sa douleur.

Le silence se fit. La vieille se tourna vers moi.

— Et toi, géographe?

— Je crois qu'il faut tout amener. Les livres, la presse, tout. Un des chariots peut être remis en état et nous n'aurons aucun mal jusqu'à la fin de la dernière étape. En enlevant les roues et en le calfatant bien, il pourra probablement flotter et franchir le bras de mer qui nous sépare de l'Ancien Monde.

— Il ne flottera pas, la presse est trop lourde.

— Renforcé avec le bois de l'autre chariot, il flottera.

— Évidemment, un tatoué! Il a déjà de l'encre dans la peau, ça lui plaît, les livres, c'est ses cousins comme qui dirait.

— Je n'aimais pas les livres. Mon frère les aimait et il en est probablement mort. Seulement je crois que nous n'avons pas le droit d'abandonner ce que d'autres nous ont laissé en mourant.

— Basse manipulation! Ils ne nous ont rien laissé. Ces livres ne me serviront à rien, moi! Combien ici savent lire d'ailleurs? Combien?

Cinquante mains se sont levées. Pas une de plus, pas une de moins. J'ai remarqué que celle de Paulette restait baissée. Elle se taisait et écoutait. Une autre voix s'éleva:

— Moi aussi, j'ai été torturée et emprisonnée pour des livres. J'ai vu le restaurant de mon père mis à sac, je l'ai vu mourir, lui, et ma mère aussi, et j'ai vu le père de celle-ci mené au cachot. J'ai tout perdu pour des livres, jusqu'à des morceaux de mon propre corps. Je n'en voulais pas pour le voyage et j'avais jeté le seul que je possédais.

— Bien dit!

— Mais maintenant, je dis ceci: si nous passons dans l'Ancien Monde, si dans cette partie de l'Ancien Monde nous pouvons vivre en paix et libres de nos actes, les livres nous aideront. Justement parce que nous avons tous la mémoire de la douleur, il ne faut pas la perdre. Seule, j'aurais vécue avec le souvenir de mes lectures. Avec d'autres, je préfère lire de nouveau. Qui dit que dans cent ans, nos descendants, si nous en avons, ne voudront pas refranchir le détroit dans l'autre sens, et défaire ce que nous sommes sur le point d'accomplir? Les livres peuvent faire beaucoup de bien, les livres peuvent faire beaucoup de mal, mais sans eux, nous n'aurons ni l'un ni l'autre.

— C'est un bien grand hasard que tu nous ferais courir.

— Et j'ajoute ceci: je suis la seule à posséder une boussole, le géographe est le seul à déchiffrer ses cartes. Si nous refusons d'avancer personne n'avance.

Trois hommes se sont retournés sur elle.

— Et si vous nous tuez, personne n'en sortira vivant.

La grande Sarrazine a gardé son visage de roche jusqu'au bout, sans désir ni haine, sans peur et sans reproche. Quand tous les votes furent dépouillés, de tous sans exception, y compris la mère du nourrisson qui a voté deux fois, le compte était de quarante-neuf contre les livres et la presse et cinquante et un pour. Je ne le demanderai jamais, mais je sais que le pour qui a fait pencher la balance vient de Paulette, la naine saltimbanque qui ne sait pas lire, mais qui aime la précision des mots, parce que ça fait gagner du temps.

Un autre jour.

Chacun d'entre nous, même le bébé, portera un livre attaché sur lui à la taille. Le chariot tient le coup et la presse a été démontée et remise dans des caisses. Nous partons demain. Je garde le chariot, la Sarrazine est venue me rejoindre. Je ne peux la voir autrement maintenant : une guerrière prête à envahir tous les mondes. Elle m'a vaincu : elle m'a tendu la main. Un geste un peu emprunté qui m'a touché parce que je n'aurais pas eu le courage de le faire.

— Vous ne trouvez pas que vous avez commis un abus de pouvoir en leur imposant votre boussole et mes cartes?

— Bien sûr, j'ai abusé. Mais c'était ça ou des jours de palabres alors que les escadrons sont peut-être tout près. Mieux vaut un petit abus vite fini qu'un long abus qui s'éternise. Changeons de sujet, voulez-vous?

Mais elle n'a rien ajouté.

— Quand vous avez parlé du restaurant de votre père, c'était à Médilhault, chez Sarrazin?

— Tout juste. Vous étiez un habitué?

— Non. Je considérais cet endroit comme une talle de corrompus, pardonnez-moi.

— Ça l'était. Mais nous cachions des livres.

— En fait, vous demeuriez non loin de chez moi.

— Non?

— Oui.

J'avais toujours remarqué sa sœur, une menue aux gestes ronds, à la chevelure mousseuse enserrée dans une résille noire à grosses mailles, vêtue de l'uniforme du restaurant. Elle avait un visage de chatte à l'ossature nette et les yeux verts de son père. Même dans l'accoutrement des larbins, elle trouvait le moyen d'être belle.

— Ce n'était pas ma sœur, j'étais fille unique. L'apprentie du restaurant, c'était moi.

Un autre jour.

Nous approchons du but. L'air est chargé de sel et ma joue éraflée est à vif. Sans un emplâtre de boue, ça brûle. La presse se transporte mieux que je l'aurais cru, et il me semble que personne n'a jeté son livre.

Le numéro cent vient de nous percer sa première dent. L'ennui, c'est qu'elle est en or. Elle brille au soleil sitôt qu'il ouvre la bouche et il est à l'âge où on l'ouvre souvent. Ça ne gêne personne. Je ne connais rien aux bébés, mais il me semble pourtant que ce n'est pas normal. Paulette est de l'avis contraire.

— Mon gentil tatoué, tu ne manges pas de terre, toi.

Non, j'ai résisté et je résiste encore.

— Si tu mangeais de la terre, tu saurais qu'ici, la terre goûte l'or.

Il y a eu des gisements autrefois, plus à l'est, mais c'est un fait que le sous-sol peut toujours contenir des minerais ramifiés, des poussières d'or, au plus.

— Et ce que mangent les nourrices va dans leur lait, n'est-ce pas ?

Oui...

— Et c'est le lait qui nourrit les bébés qui fait leurs dents, n'est-ce pas ?

Oui, si on veut.

— Alors il a une dent en or, ce petit. Quoi de plus normal ? Et ses yeux dorés, normal aussi.

Après tout, si je suis le seul à m'inquiéter...

Un autre jour.

Nous approchons toujours. Plus personne ne parle, ni en marche ni au repos.

Un autre jour.

Tour de garde cette nuit, Big est venue me rejoindre.

— Puis-je vous demander une faveur? Ne me regardez pas comme ça. À quoi me sert d'avoir évité tous les miroirs depuis des années si c'est pour subir vos yeux?

Et elle a ajouté :

— Ne pleurez pas. Est-ce que je pleure, moi?

Est-ce que je pleure?

— Nous sommes en Alaska, je crois? Je sais une histoire du vingtième siècle qui s'est passée ici. C'était un grand de ce temps-là, qu'ils avaient banni injustement du Nouveau Monde, il était retourné à l'Ancien.

Je n'ai rien dit, mais elle devrait savoir qu'au vingtième siècle, le bannissement n'était plus pratiqué en Occident.

— Un jour, il voyageait en char du ciel et il a dû faire halte ici, à l'extrémité du continent, pour un plein d'essence. Il avait juré de ne jamais remettre pied sur le sol dont on l'avait chassé, et il a refusé de descendre. Mais tant qu'il restait à bord, on ne pouvait pas faire le plein. Après une heure de palabres, un employé a eu un trait de génie : il est venu expliquer au grand personnage qu'à l'époque de son exil, l'Alaska ne faisait pas partie des USA, que ce n'était qu'un protectorat et que cette terre n'était pour rien dans son châtiment. Alors, il est descendu, et tout est rentré dans l'ordre. Comme quoi, il ne faut jamais sous-estimer les extrémités du monde.

— C'est une jolie fable.

— C'est une histoire vraie, elle est arrivée à Charlie Chaplin.

— Vous connaissez Chaplin?

— Oui. Et vous aussi?

— Je ne connais rien de sa vie, mais j'ai vu ses films.

Son œil est redevenu presque dur, et j'ai pu la regarder de nouveau.

— Là, je ne peux pas vous croire.

— Il le faut, pourtant. À Kinshasa, la cité africaine où j'ai grandi, il restait un cinéma, un vestige du grand siècle.

— Menteur! Ce n'est pas vrai!

Pour le coup, elle s'est mise à pleurer comme si je lui avais volé quelque chose. Après m'avoir frappé tout son soûl, elle s'est laissé bercer.

Comme quoi il ne faut jamais sous-estimer les extrémités du monde.

Un autre jour.

Conversation avec Paulette ce matin :

— Dis-moi, la survivante du massacre?

— Oui, Kiev?

— Que disait-elle?

Paulette me boude un peu ces jours-ci. Elle n'a pas cillé :

— Elle disait : délivrez-moi, délivrez-moi pour de bon.

— Oui, je me rappelle bien le sens de ses paroles, ce que je veux savoir c'est dans quelle langue elle nous l'a dit.

— Ça, c'est une question bête! Dans quelle langue, mais voyons, elle disait : « délivrez-moi », je l'ai bien compris, et...

Elle est restée sans voix, puis s'est remurmuré la scène, puis a levé des yeux rêveurs.

— *Putana!... Puta la madre...* Quelle langue parlait-elle ? J'ai oublié.

Un autre jour.

Veille de départ, j'ai rêvé. Il y avait d'abord une fillette, agrippée à une grille qui tournait follement sur un axe horizontal, et j'ai pensé : « Si elle tient le coup, elle s'en sortira. » Puis j'ai vu une maison, un bâtiment qui n'avait que sa charpente, une maison énorme mais squelettique, où se découpaient des pans de ciel d'un bleu pur de chien et loup. C'est ma maison. Elle ne m'abrite de rien, mais c'est à moi.

Un autre jour.

Nous sommes aux confins du monde. *Finis terrae*, la fin de la terre, et son commencement, devant moi. Les canots, réparés cette nuit, tiennent l'eau, et le chariot, ses roues arrachées et reclouées en guise de flotteurs, porte la presse à imprimer. Chaque coup d'aviron nous arrache cent cris cadencés dans une langue unique. La fin du monde sera pour un autre jour.

ACHEVÉ D'IMPRIMER
EN JANVIER 2007
SUR LES PRESSES DE MARQUIS IMPRIMEUR INC.
MONTMAGNY, CANADA